古典詩歌研究彙刊

第三輯

龔鵬程 主編

第 5 冊

論杜詩沈鬱頓挫之風格

蕭麗華 著

國家圖書館出版品預行編目資料

論杜詩沈鬱頓挫之風格／蕭麗華 著 — 初版 — 台北縣永和市：
花木蘭文化出版社，2008〔民 97〕

目 2+158 面；17×24 公分
（古典詩歌研究彙刊 第三輯：第 5 冊）

ISBN 978-986-6831-82-9（精裝）
1.（唐）杜甫 2.唐詩 3.詩評

851.4415 97000340

ISBN 978-986-6831-82-9

9 789866 831829

古典詩歌研究彙刊
第三輯 第 五 冊 ISBN：978-986-6831-82-9

論杜詩沈鬱頓挫之風格

作 者 蕭麗華
主 編 龔鵬程
出 版 花木蘭文化出版社
發 行 所 花木蘭文化出版社
發 行 人 高小娟
聯絡地址 台北縣永和市中正路五九五號七樓之三
電話：02-2923-1455／傳眞：02-2923-1452
電子信箱 sut81518@ms59.hinet.net
初 版 2008 年 3 月
定 價 第三輯 20 冊（精裝）新台幣 28,000 元

論杜詩沈鬱頓挫之風格

蕭麗華 著

作者簡介

蕭麗華，臺灣苗栗人，1958 年生，1992 年臺大中文所博士。曾任元智大學通識教育中心副教授、心理輔導中心主任、台灣大學佛學研究中心主任、《台大佛學研究中心學報》主編、《台大中文學報》主編、現代佛教學會第四屆理事長，現任臺大中文系教授。學術專長有：中國詩學、佛學、文學理論、教育等。近年主要研究領域為詩歌與禪學，除 1986 年完成師大碩士論文《論杜詩沈鬱頓挫之風格》、1992 年完成臺大博士論文《元詩之社會性與藝術性研究》外，尚有《古今詩史第一人——杜甫》、《道心禪悅一詩佛——王維》、《唐代詩歌與禪學》等專著，散篇論文有〈試論王維宦隱與大乘般若空性的關係〉、〈宴坐寂不動，大千入毫髮——唐人宴坐詩析論〉、〈禪與存有——王維輞川詩析論〉、〈李白青蓮意象考〉、〈游仙與登龍——李白名山遠遊的內在世界〉、〈唐代僧詩中的文字觀〉、〈佛經偈頌對蘇東坡詩的影響〉、〈杜甫「詩史」意涵重估〉、〈從莊禪合流的角度看東坡詩的舟船意象〉、〈中日茶禪的美學淵源〉等二十餘篇。近五年國科會專題計畫案有：「李白擬古詩研究」、「北宋文字禪與詩學的關係」、「般若經系意象類型與思惟方法對唐代禪詩的影響」、「從敘事學的角度看杜詩的紀傳性」、「東坡詩中的佛經意象」等。

提　　要

　　杜詩內涵深廣，風格多變，或雄奇，或秀麗，或沖澹，或豪逸，無所備，本文崇從「沉鬱頓挫」論之，旨在探驪得珠，一窺杜公人格與詩藝之不朽。全文循內質外緣，別為五章。

　　首章「緒論」，分作三節，一在說明研究動機與研究方法，一在釐析風格內涵，尋求風格研究之方向，三則略識杜詩多樣之風格，資以了解沉鬱頓挫乃杜詩基本風格。

　　第二章「義界」，綜合楚騷、詩品等早於杜甫之文字及杜甫〈進雕賦表〉之自許與宋、元、明、清歷代詩家論杜詩沉鬱頓挫之言論，或批駁、或闡論，裁汰冗異，以杜詩既有之風格為旨歸，重新界定杜詩沉鬱頓挫之義界。結論出沉鬱應包含「莊嚴的悲感」、「深廣的憂思」與「含蓄的義蘊」，頓挫應兼及作者精神氣韻，與作品語文形態。

　　第三章「成因」，此章專論作者，分就人格世界與詩學造詣，探討杜詩沉鬱頓挫之成因。沉鬱關乎作者情性、思想、挫折；頓挫關乎作者才、氣、學、習。杜公人格崇偉，上躋聖人，詩藝精妙，出神入化，是為沉鬱頓挫之成因。

　　第四章「藝術特質」，此章專論作品，試就語言及境界探討杜詩沉鬱頓挫之語文姿貌與境界特質。杜詩意象豐富，聲情諧和，精神與詩藝絢合無間，而其高格迴境，尤能提昇性靈，滌蕩人心。

　　第五章「結論」，此章盡棄陳言，崇以杜公人格與詩藝為論，重新評價杜詩之成就，兼述沉鬱頓挫之影響。

目

次

敘　例

　　杜詩內涵淵奧，律法縝密，前賢涵泳鉤稽，多有所得。然所論窈微，跡象難求，今試以中西理論，綜合析論其沉鬱頓挫，盼能窺豹一斑，略識詩聖人格與詩藝之美。僅持七例如下：

一、本文崇論風格，於杜詩律法，未遑詳述，於作品年代、作者生平亦率由成說，不加考定。

二、本文章節之安排，除緒論、結論外，循作者、作品雙向研究，依次分為義界、成因、作品藝術三章。

三、本文所引詩例，全以仇兆鰲杜詩詳註為準，未再標明出處。蓋仇注取精用宏，於文字之董理較能避免歧出舛誤。

四、本文資料之選用，視內容所需，兼跨文學理論及心理哲學兩類，一以分析杜詩藝術，一以闡述杜公人格。惟資料搜求不易，取用尤難，都為一書，但期無病。

五、本文引書，皆標出處，並加《　》，以明所據。引文則加〈　〉，以示區別。

六、本文稱引人物，於前賢一律稱姓名、字號；於業師必冠以「師」字；於近代學者則稱先生以示敬重。

七、本文參考書目附於書後，先錄前人注杜論杜之書，後錄近人說杜解杜之作。再次以歷代詩論、選評、文論，與中西詩學、美學及心理學、人性哲學等等。單篇論文併附於末。

中華民國 75 年 5 月 12 日
蕭麗華識於師範大學

第一章　敘　論

第一節　本論文研究之動機與方法

　　談到中國的詩學，不能不尊盛唐李杜。李白復古，上收三代兩漢，自然豪邁，爲藝術臻極之作；杜甫開新，千變萬化，覷縷格律，爲後世之師。因此，後代研究杜詩者極多，唐宋以降，代有著錄，宋有《九家集註》、《分門集注》、《草堂詩箋》，元有《集千家注》、《杜律演義》、《范批杜詩》，明代則有《杜工部詩通》、《讀杜愚得》、《杜律頗解》、《集解》、《意箋》、《杜臆》等等，徵之典籍，繁浩淵瀚，或箋注，或評傳，多能稽考詳實，欣賞入妙。有清一代，研究愈盛，《錢注》、《金批》、《論文》、《提要》、《心解》、《翁批》、《詩闡》、《詩攟》、《詩說》、《鏡銓》、《仇注》等等，著述尤爲豐備，且多能參訂舊說，發明新意，集前人之所成，啓後人之未見。有關研杜之作，實在不可不謂豐贍充足了。然而，舊著雖多，論述雖精，總不離傳統箋注方式——只出以吉光片羽式的禪悟文字、寓高妙之見於支零短箋中，這對於涵泳不深的現代人來說，猶如隔紗窺影，很難一覩眞象，雖說詩的內涵與神韻，有賴讀者熟習深翫以得之，但如能度以金針，運用系統理論，引領讀者進入杜詩堂奧，毋寧更易品得詩中三昧，眞確獲得杜詩精神與藝術上的神味。

　　近人論杜亦多，且多能在思辨系統與理論方法上講求，分就各種主題，運用各種批評原理，諸如歷史批評法（The Historical Criticism）、社會文化批評法（The Sociocultural Criticism）、心理學批評法（The Psychological Criticism）、神話基型批評法（The Mythopoeic Criticism）、形構主義（The Formalist Criticism）等等〔註1〕，這些批評理論的運用確能建立出一套邏輯系統來，然而大量套用的結果，卻反而容易牽強附會，指鹿爲馬，喪失作品原有的風貌。

　　傳統感悟式的文字，雖不易解，尚能留存眞蘊；新學理論，雖能層層剖析，若生硬套用則容易失去作者及作品的特色。鑑於這種種得失，我很想尋一個適切的方法，透過傳統感性評賞與新學理論剖析的結合，將杜詩之風格具體呈現出來。近代有位學者說：「大體說來，我對於詩歌的評賞乃是以感性爲主，而結合了三種不同的知性傾向：一是傳統的，對於作者的認知，二是史觀的，對於文學史的認知，三是現代的，對於西方現代理論的認知。」〔註2〕這種結合古今中外的批評方式，便是我所努力企及的。這是我嘗試此文的動機之一──朝向一個綜合的批評方式。

　　然而杜詩堂廡深廣，內涵淵奧，律法多變，如何能綜賅萬有，描摹出特色與價值來，眞是一個值得深思的問題。一般以杜詩之成就有二：一爲詩情，即其精神內涵；一爲詩藝，即詩格律法。宋葉夢得說：「自漢魏以來，詩人用意深遠，不失古風，坢此公爲然，不但語言之

〔註1〕Perspectives in Contemporary Criticism（ed by S.N. Grebstein）一書論及此五種批評法。雙葉書店版。此外，A Handbook of Critical Approaches to Literature 一書則分「傳統的批評」（Traditional）與「新批評」（New Criticism），而將傳記的（bioygaphical）、歷史的（historical）、道德的（moralistic）等等歸入「傳統批評」，形構的（formalistic）、心理的（psychological）、文化的（cultural myths）、社會學的（sociological）、語言學（linguistic）的及發生學的（genetic）等等皆列入「新批評」。幼獅文化事業公司，頁10。

〔註2〕見葉嘉瑩〈略談多年來我對古典詩歌之評賞及感性與知性之結合〉一文，收於《迦陵談詩二集》東大圖書公司，頁198。

工也。」〔註3〕。黃徹亦云：「老杜所以爲人稱慕者，不獨文章爲工，蓋其語默所生，君臣之外，非父子兄弟即朋友黎庶也。」〔註4〕清沈德潛更進一步說，杜詩是「詩之變，情之正」無怪乎明高棅特別立爲大家。〔註5〕由此可見，後人尊杜者，不獨因其氣格詩法，更因其忠愛襟懷，懇切至情。杜詩之所以千古不朽，正緣於此，而「詩聖」之譽，也應兼賅此二者而言。清吳瞻泰說：「杜詩千變萬化，無所不有，此其所以爲聖也。」又說：「杜公以浩氣行之，開合陰陽，千變萬化，乃與六經揚馬同風，所以爲詩聖也。」〔註6〕這正是合精神內涵與詩學造詣來評論老杜。秦少游譽杜甫「窮高妙之格，極豪邁之氣，包沖澹之趣，兼峻潔之姿，備藻麗之態」，如孔子之聖，是「集詩之大成」者〔註7〕。所謂兼及氣、格、姿、態諸端，也是以詩情與詩藝來推許老杜。

黃子雲《野鴻詩的》說：「孔子兼、舜、禹、湯、文、武、周公而成聖者也，杜陵兼風、騷、漢、魏、六朝而成詩聖者也。此外，若沈、宋、高、岑、王、孟、元、白、韋、柳、溫、李、太白、次山、昌黎、昌谷輩，猶聖門之四科，要皆具體而微。」〔註8〕以一個文學家能與仲尼並聖，而以沈、宋、王、孟等名家爲配者，千古以來，獨獨杜甫一人！因此，欲融合感性評價與知性論述來評論杜詩，也必須以能曲盡杜甫詩情、詩藝二者之妙爲尚，讓老杜偉大之至情胸襟與獨

〔註3〕 見臺靜農《百種詩話類編》引《石林詩話》藝文印書館，頁300。
〔註4〕 見《杜甫卷》引《碧溪詩話》，源流出版社，頁467。
〔註5〕 見沈德潛《說詩晬語》卷上，收於《清詩話》，明倫出版社，頁521。
　　　 明。高棅《唐詩品彙》按時期和體裁區分爲正始、正宗、大家、名家、羽翼、接武、正變、餘響、旁流等九格，將老杜獨列於大家一格，見《唐詩品彙》，學海出版社，頁47。
　　　 清黃生《杜工部詩說》以爲：「杜之所以爲大家者，以其能集詩流之成也。」中文出版社，頁11。
〔註6〕 見清吳瞻泰《杜詩提要》序，大通書局，頁5。
〔註7〕 見宋蔡夢弼《草堂詩話》卷一，收於《續歷代詩話》，清丁仲祜訂，藝文印書館。
〔註8〕 見清丁福保《清詩話》，明倫出版社，頁848。

步千古之藝術技巧，得以明晰呈現，唯有這樣，才能論述得出杜詩的特色與價值來。這是我寫作此文的動機之二－闡發「詩聖」之精神與藝術。

「沉鬱頓挫」四字是歷來評杜中最常用，也最含糊的語彙，然而它却是杜甫自許的理想，是感性評賞上一個深妙而蘊義入神的抽象語詞，又是理性析論上，能夠兼含詩情與詩藝，充分透顯「詩聖」意義的好主題。藉著這個主題，要刻劃杜公不朽之處，應是較具體而能深入淺出，且推陳出新的。在上述二動機下，本文將藉著「沉鬱頓挫」一題來從事兩項要務，一則兼融感性與知性，溝通傳統批評與新學原理，架構出一套能呈露杜詩內涵的系統；一則分就作品本身、作者情性與時代因素諸層面，析論出杜詩精神內涵（詩情）與詩學技巧（詩藝）之不朽常新處。基於這雙面的需求，本論文將兼融中西文論，重新釐定一套批評方式。

個人認為，現階段從事文學批評工作者，最困難的工作莫過於溝通新舊術語，融合中西文學理論一事。在中國傳統文學批評中，一些詩論詞話，常以印象式的、概念性的語彙來評賞文學作品，說李白則曰「飄逸」、「高古」，說杜甫則曰「雄渾」、「沉鬱」，說王維則曰「淡遠」、「高華」，諸如此類蹈空玄虛，不落言詮的批評方式與語彙，在過去「創作、批評、閱讀三位一體」〔註9〕的時代，由於批評者、閱讀者與創作者之間，情境、學識較為相當，可能是言簡意賅，能心領神會，直指核心的方式；在今天，因為中國人普遍已游離了自己的文化，這種語彙與評論，都成了意念模糊，語意分歧的「萬花筒」〔註10〕。有人因此就完全摒棄傳統，一味掇拾西學，套用西洋文學批評的種種模式，但是削足適履，強為解說，往往不能表達出中國文學中特有的質

〔註 9〕 見張師夢機〈為傳統詩論說幾句話〉一文，收錄於《鷗波詩話》，漢光出版社，頁79。
〔註10〕 「萬花筒」一語引黃維樑〈詩話詞話和印象式批評〉之用語，收於《中國詩學縱橫論》，洪範書店，頁7。

性。爲了因運需求，如何化抽象爲具體，轉含糊爲明晰，從傳中抽絲剝繭，理出秩序，並參核西學派別，與邏輯系統，來建立一套清晰嚴整，而又適合中國特質、作家特性的批評體系，將是每個從事實際批評工作者的首要任務。本文基於這個理由，擬分成兩大步驟進行論述：

1. 界定術語

　　術語在整個論述體系中佔樞紐地位，術語不清則體系紊亂。如前述，「沉鬱頓挫」一詞很能透顯出「詩聖」內涵，但其詞義却極抽象含糊，如何賦予清晰義界，是本文首該從事的第一步。在界定此四字之義前，必關涉到「風格」內涵問題。風格究竟包括些什麼？組成風格的基本要素爲何？這問題將影響到「沉鬱頓挫」的義界與全文論述的系統。因此，文前又需先疏通中西風格論見，配合文學產生的原理，來審視風格內涵。藉著這種澄清，探視「沉鬱頓挫」的方向才能精確掌握，而後再輔以杜甫之自許、前人論杜之高見、杜詩本身之特質等等，則「沉鬱頓挫」的涵義便能客觀呈現。

　　在這步工作中，定義「沉鬱頓挫」是主要課題，釐析「風格」、「境界」、「才」、「氣」……等用語，是次要任務，界定清楚這些術語之後，本論文的論述系統便能順利建構起來。

2. 架構體系

　　在審視風格內涵的同時，將整理出風格組成要件。所謂風格決定於作者與作品，作者屬外在研究（extrinsic study）的範疇，包括生存背景、心理、情性、思想、歷史、社會等等；作品屬內在研究（intrinsic study），包括文學本身之語言技巧、意象與境界特質等等〔註11〕。在術語界定清晰後，本文將循著這些內外要素，分別研究杜詩沉鬱頓挫之成因、沉鬱頓挫的藝術特質，以了解杜甫的生命情調、聖人襟懷、及其藝術技巧之超絕成就。總之，本文研究杜詩「沉鬱頓挫」之風格，

〔註11〕　韋勒克、華倫合著的《文學論》一書即分文學研究爲外在方法（extrinsic study）與本質研究（intrinsic stuby）。見王夢鷗、許國衡譯本，志文出版社，頁2。

首先界定意義，其次探求成因，繼而欣賞作者的精神境界、作品的藝術美感，最後結論出杜甫詩情詩藝上的偉大成就。

第二節　風格內涵之再省思

　　雖然「風格」一詞已是當今文學批評中極為普遍易見的術語，但本文仍不惜贅言，重予省思，主要因為此一通行詞彙在普遍直覺地使用下，常含糊其義，且風格一詞屬泊來品，與中國傳統批評之「體性」、「風骨」、「格調」等等，意義層次上未必完全吻合，因此，此節將疏通中西，配合文學產生的原理，來整理出風格一詞之具體內涵。

　　風格一詞原是西學 style 一語之譯文，在西方文藝理論中自有歧義，法國自然科學家包封（Buffon）說：「風格即人格。」塞尼格（Seneque）說：「風格是靈魂的全貌。」〔註12〕這種論點，完全側重作者精神，以為「風格」即作者生命脈動之展現。另一類如斯沃夫特（swift）說，風格是「用適當的字在適當的地位」（the use of proper words in proper places），考洛芮基（Cloleridge）說：「最好的字在最好的次第。」（best words in best order）〔註13〕，這又偏側作品語文之形貌，視風格為文字結構之組成而言。其實就構成文學的內涵與形式來看，內涵是生命，形式是外貌，生命源自作者之才性，外貌存在於作品之本身，創作者的才性決定著作品的外貌，作品的外貌也傳達出創作者的精神，故二者相輔相成，有其依存性，偏側任何一端，理論上皆不足以應照文學藝術之整體。循此的見，則重作者精神或重作品形貌任一端，皆不能範疇「風格」一詞。

　　真正能客觀分析「風格」之內涵者，如英國藝術評家赫伯‧瑞德（Herburt Read），他說：風格「是一個人要表現自己的意識，要

〔註12〕引自覃子豪〈風格〉一文，見《論現代詩》，普天出版社，頁39。
〔註13〕引自朱光潛〈體裁與風格〉一文，見《談文學》，開明書局，頁125。

表現自己的思想，而且要用最恰當的媒介來表現它們。」〔註 14〕赫氏所謂「意識」、「思想」即作者精神，而「最恰當的媒介」則指作品語文形貌。這樣的風格論兼顧內質外貌，已能眞正籠罩文學藝術之整體，是一種客觀全面的持衡之見。夏畢羅（M. Schapiro）也說：「風格乃是形式的一項系統，其間包含有一種特質與一種富有意義的表情法，藉此，藝術家個人的才性與群性的普泛外貌得以展現。」〔註 15〕這類由作品語文形式透視到創作者精神面貌的觀照方式，明顯地表現出創作者與作品間交互之關係，正與劉若愚所謂「雙焦點的研究法」（bifocal approach）不謀而合。劉氏定義文學爲「藝術功用與語言結構的交搭」〔註 16〕而藝術功用又包括作者境界與讀者境界的互動關係。這正意味著文學藝術是由「作者」、「作品」、「讀者」、「世界」四元綜合而成。其中「世界」指自然界及個人存在之文化社會。四元之關係圖示如下：

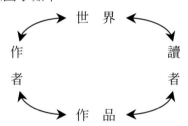

我們透過這四元論的文學定義來審視「風格」內涵，則可以看出：「世界」影響「作者」，作者建構「作品」，因之，決定風格之關鍵在於「作者」；反向視之，「世界」影響「讀者」，讀者透過「作品」以達到藝術功用，並認識「作者」，則此時風格之關鍵存在於「作品」。由此看來，風格之內涵當包括作者與作品，才能客觀周全。更具體的說，所

〔註 14〕　同註 12。

〔註 15〕　M. Schapiro, style, in Aesthetics Today, ed by M. Philipson（Meridians Book, 1966），頁 81。

〔註 16〕　見劉若愚〈中西文學理論綜合初探〉一文，附錄於《中國文學理論》一書中，聯經出版事業公司，頁 307。

謂風格其定義應為「作者主觀才性所展示的生命之姿」與「作品語文結構所彰顯的藝術之姿」〔註17〕。只有如此雙向透視，才能盡顯風格之內涵。

以上只是就西方風格論與文學產生之原理來探視風格，而這個泊來名詞究竟與中國傳統批評術語有何種程度的相應關係，不能不進一步辨析。

在中國，「風格」一詞最早見於魏晉之人物品評。《魏書·穆子弼傳》云：「有風格，善自位置，涉獵經史，與長孫、稚陸希道等齊名於世。」《晉書·庾亮傳》說：「風格峻整，動由禮節。」晉葛洪《抱朴子·疾謬篇》也說：「以傾倚屈申者為妖妍標秀，以風格端嚴者為田舍樸騃。」從這裡可知，風格一詞在當時指人的風度品格，這種品評與魏晉以來以九品論人的門閥制度有關。《世說新語·德行篇》說李元禮「風格秀整，高自標持」，也是這種用法。〔註18〕

一直到曹丕《典論·論文》以人之血氣、氣質來論文章之氣後，「風格」一詞也被用於評論文章的風範格局。《顏氏家訓·文章篇》云：「古人之文，宏才逸氣，體度風格，去近實遠。」〔註19〕《文心雕龍·議對篇》云：「仲瑗博古，而銓貫有敘，長虞識治，有屬辭枝繁，及陸機斷議，亦有鋒穎，而腴辭弗翦，頗累文骨，亦各有美風格存焉。」又《夸飾篇》云：「詩書雅言，風格訓世，事必宜廣，文亦過焉。」〔註20〕《宋史·魏野傳》云：「為詩精苦，有唐人風格，多

〔註17〕 姿者姿貌也。借蔡英俊《六朝風格論之理論與實踐探究》之用語，69年臺大碩士論文，頁14。

〔註18〕 此段文意參考詹鍈《文心雕龍的風格學》〈風格釋義〉一文，頁2。
引文見《魏書》卷二七，成文出版社，仁壽本二十六史，頁9538。
《晉書》列傳第四三卷，成文出版社，仁壽本二十六史，頁5467。
《抱朴子》外篇卷二五，商務出版社，頁180。
《世說新語》楊勇校箋本，正文書局，頁4。

〔註19〕 見《歷代文論選》上冊，木鐸出版社，頁312。

〔註20〕 引文見范文瀾《文心雕龍注》學海出版社，頁608，本文所引文心原文全本此書。

警策句。」〔註21〕這些都是以「風格」論詩文的較早言論。

由以上看來，「風格」一詞在中國最早是用來論人，繼而也用來論文，其詞義本身便已經能夠包融作者與作品。換言之，即使在中國傳統的評論中，風格之內涵還是如上所述，既囊括作者才性、生命之姿，也包括作品語文藝術之姿。可見不論中西，就文學本身而言，風格之內涵都是一致的。可惜六朝以後的文論家，未能有意識地使用這個詞彙而予以邏輯化，只是沿用直觀方式，在風格的範疇中，散論爲「才調」、「體性」、「風味」、「風骨」、「體裁」、「格調」、「神韻」等等。如《藝苑卮言》云：「才生思，思生格，思即才之用，調即思之境，格即調之界。」〔註22〕此才、思、格、調、境、界，分別表示著作者與作品的姿貌，這也就是風格論。《詩法家數》云：「詩之爲體有六：曰雄渾、曰悲壯、曰平淡、曰蒼古、曰沉著痛快、曰優遊不迫。」〔註23〕《滄浪詩話》云：「詩之品有九：曰高、曰古、曰深、曰遠、曰長、曰雄渾、曰飄逸、曰悲壯、曰淒婉。」〔註24〕此「體」字、「品」字，意義也是綜合作者與作品的風格論。其他如齊己《風騷旨格》之十「體」、《師友詩傳續錄》之「品格」、「風神」、《而菴詩話》之「體裁」〔註25〕等等，歷代豐碩的文論、詩話中關係風格的詞彙實琳瑯滿目，一時間無法綜理出秩序來，然而不管辭彙怎樣翻新變化，所論皆不離「作者」與「作品」，都可用「風格」一詞來籠罩它，但卻又不能完全等於「風格」一詞。以下我們就《文心雕龍》這部中國重要的文學批評典籍爲

〔註21〕 引文見《宋史》卷四五七，鼎文書局。

〔註22〕 見《百種詩話類編》，藝文印書館，頁1394。

〔註23〕 同上，頁1375。

〔註24〕 郭紹虞《滄浪詩話校釋》，東昇出版事業公司，頁6。

〔註25〕 《風騷旨格》《之十體爲「高古」、「清奇」、「遠近」、「雙分」、「背非」、「虛無」、「是非」、「清潔」、「覆粧」、「闔門」等，見《百種詩話類編》頁1360。《師友詩傳續錄》載劉大勤問：「孟襄陽詩，昔人稱其格韻雙絕，敢問格與韻之別。」王阮亭答：「格謂品格，韻謂風神」，見《百種詩話類編》頁1417。《而菴詩話》云：「作詩之道有三：曰寄趣曰體裁曰脫化。」收於《百種詩話類編》頁1408。

代表來探視傳統批評文字相應於「風格」內涵的關係，便可明瞭其間的出入。

我們可以大膽的說，《文心雕龍》的風格論也是循著雙焦點省思而來的，且看《知音篇》說：「觀文者，披文以入情，沿波討源，雖幽必顯。」〔註26〕這「文」與「情」便是探視風格的兩個焦體。《體性篇》說：「才性異區，文體繁詭；辭爲肌膚，志實骨髓。」〔註27〕明顯指陳出「才性」與「文體」，「辭」與「志」，一則觀照到作者，一則觀照到作品。《情采篇》的提出，更說明了作者情志與作品辭采之關係。然而劉勰並未有意識地直接使用「風格」一詞，而是用「體性」一詞來表示。《體性篇》強調「情性所鑠，陶染所凝」（精神），也明示「筆區雲詭，文苑波詭」（語文）〔註28〕。這跟本文重省「風格」，其內涵是一致的。黃季剛先生爲「體性」做了「人」與「文」之雙向說辭，他說：「體斥文章形狀，性謂人性氣有殊，緣性氣之殊而所爲之文異狀。」〔註29〕李健光先生進一步補述說：「體是文章之體製，亦即文章之形態，性是作家之性格，亦即作家之素養，作家之性格與文章之體製相結合，即構成文章之體度風格。」〔註30〕廖蔚卿先生則直接了當的說：「體性便是風格。」〔註31〕因此，我們可以很肯定的說：《文心雕龍》所謂的「體性」即「風格」一詞之代稱，「體性」之內涵，便是「風格」之內涵，也就是作者才性生命之姿貌與作品語文藝術之姿貌綜合。另外，《文心雕龍》中有《風骨篇》也可以算是具體的風格論。在《體性篇》中劉勰提出了「典雅」、「遠奧」、「精約」、「顯附」、「繁縟」、「壯麗」、「新奇」、「輕靡」八體，這八體即是

〔註26〕引文見范文瀾《文心雕龍注》學海書局，頁715。
〔註27〕同上，頁506。
〔註28〕同上，頁505。
〔註29〕見黃侃《文心雕龍札記》，文史哲出版社，頁96。
〔註30〕見李曰剛《文心雕龍斠詮》，國立編輯館中華叢書編審委員會，頁1190。
〔註31〕見廖蔚卿《六朝文論》第二章「文心雕龍的風格學」，聯經出版社，頁186。

作者與作品綜合透顯出來的八種風格。而《風骨篇》則上承《體性》，
對這八種風格之完成提出進一步的看法。《風骨篇》說：「練於骨者，
析辭必精」（精約）「深乎風者，述懷必顯」（顯附）「昭體故意新而不
亂，曉變故辭奇而不黷」（新奇）〔註 32〕由此文字上可以看出兩篇之
相承關係。然而我們可以說「體性」即「風格」，却不能說「風骨」
即「風格」，因為「體性」之詞義等於「風格」，而「風骨」之詞義只
是風格論範疇內的一個層次。廖蔚卿先生說：「風是『化感之本源，
志氣之符契』」，「骨是筆力，是作品用語文組織所表現的足以傳達其
內容的力。」〔註 33〕因此，我們可以說「風骨」是完成「風格」所必
具的某種特殊精神氣韻，它屬於「風格論」，却不等於「風格」。同理，
我們可以了解，中國傳統批評詞彙之「風調」、「風力」、「風韻」、「氣
韻」、「神韻」、「韻味」、「格調」……等等，也都只是風格論範疇內的
名詞，不能完全同於「風格」。其義旨都只是在「作者精神」與「作
品形貌」之間游移，而有層次輕重不同的出入。

　　以上我們審定風格之內涵，也疏通了中西「風格」之意義。然而
為了能系統呈現「沉鬱頓挫」的作者姿貌與語文姿貌，在此仍得先分
析出構成風格的幾個基本要素。風格之內涵既然包括作者才性與作者
形貌，探討「沉鬱頓挫」之風格也應分作者與作品兩線來看。按韋勒
克和華倫的分類，作者研究屬文學研究的外在方法，包括傳記、心理、
社會、觀念等等，換言之，即指作者的生平、時代、情性、思想、社
會文化；作品的研究屬文學本質研究，包括諧音、韻律、文體
（Stylistics）、意象、隱喻、象徵、神話、原型、文類等等，簡單歸納
起來則是從「語言」到「境界」之種種〔註 34〕。作者部份尚容易了解，
作品部份之「語言－境界」則有待更一步解析。

〔註 32〕 引文見范文瀾《文心雕龍注》，學海出版社，頁 513。
〔註 33〕 見廖蔚卿《六朝文論》，聯經出版事業公司，頁 189。
〔註 34〕 韋勒克和華倫將「文學研究」分為外在與本質兩類，本文則參考其
　　　　 分法將「風格研究」分成內外兩類，以籠罩作者與作品。這種「風
　　　　 格」與韋氏之「文體」，有廣義、狹義之別。

　　任何一種藝術的展現都需要透過媒介物（Medium），文學藝術之媒介物便是語言文字。日人本間久雄引美國普林斯頓大學英文學教授亨德的話說：「文學要之是『文字底表現』」（Written expression），不用文字寫出來，即使怎樣有價值的感情、想像、情調、思想，也決不能成文學。」〔註35〕近人則有直接定義文學為「語言的藝術」者〔註36〕，因此，欣賞文學作品，首先碰觸到的便是語言問題，語言如同記號，不同的記號傳遞出不同的訊息（Message），所以不同的語言類型與結合方式，將產生不同的意象、節奏與主題。而綜合各種意象、節奏與主題所形成的整體美，便是「境界」。王國維《人間詞話》第六則云：「境非觸景物也，喜怒哀樂亦人心中之一境界，故能寫真景物真感性者，謂之有境界。」〔註37〕此「境界」即包含了「物」與「情」，也就是作者駕馭語文，描寫經驗（包括物境與心境），所透顯出來的「寫實世界」與「理想世界」。即劉若愚所謂「創境」（Created world）。〔註38〕藉著「境界」，讀者可以感受到作者的生命脈動及其精神意識，而產生聯想、移情等種種作用。因此，作品姿貌可以說是從「語言」到「境界」的整體表現。

　　綜合以上的分析，我們從中西文論中獲得一個事實：風格之研究需透過「作者」與「作品」兩個焦點；而呈露文學作品之風格則需藉重「語言」到「境界」的層層剖析。因著這個結論，我在研究杜詩「沉鬱頓挫」時，便一面通過外在認識，進入作者的生命世界，分析傳統所給予他的濡染、時代環境所帶給他的挫折、情性心理所融塑出的人格毅力，以了解「沉鬱頓挫」的成因；一面則藉著本質研究，分析「沉

〔註35〕見本間久雄《新文學概論》第六章「文學與語言」，章錫光譯，商務印書館，頁40。
〔註36〕王夢鷗在《文學概論》第三章「語言的藝術」中說：「有人說文學一詞之現代涵義，如其用 literature 不如用德文的 wortkunst 更來得明白切當。」該書由藝文印書館印行，頁23。
〔註37〕見《人間詞話》，利大出版社，頁2。
〔註38〕見劉若愚《中國文學理論》，杜國清譯，聯經出版事業公司，頁310。

鬱頓挫」的語言特質、境界特質，以呈現杜甫此類詩風的藝術，最後則以杜甫此類詩風之影響與價值作結。

第三節　略論杜詩多樣之風格

在論述杜詩「沉鬱頓挫」的風格之前，先要說明杜甫的一個特點，也是成爲大文學家所必具的一種文學修養，那便是：在創作的歷程中，不斷推陳出新，力求語言之變化與境界之開創，達到風格多樣，精神潛沈的地步。

文學的使命實際上是兼含「語言」與「境界」雙向之拓展。新的文字技巧、音韻組合，與新的字句、意象、聯想、象徵等等，將產生新的語言藝術；如再配以作者精神不斷地騰躍變化，心靈不斷地反省觀照，思想不斷地淬礪澄清，境界的層次也將不斷拓廣加深，所展現出來的風格自然就千變萬化，美不勝收了。劉若愚在《中國詩學》中說：「詩是不同的境界和語言的探索」，一首詩是眞的、假的，是好的、壞的，是「偉大的」或僅僅是「好的」，也應該依照語言、境界，這「兩個主要的批評標準」來看。〔註39〕因此，一個作家的好壞優劣，就看他在駕馭語言的能力上能否純熟巧化，所創造出來的境界能否豐富多變，能否引領讀者進入更深的情感、更高的思想、更寬濶的視界。劉氏因著「兩個主要批評標準」，推譽杜甫爲最偉大的詩人，說他「不僅比其他任何詩人都更廣大更深入地探索人類經驗的世界，而且將語言的領域擴大。」〔註40〕這種周密的分析方法，頗能幫助我們透視杜詩風格之多樣。

事實上，前人在欣賞杜詩時也都已發現到杜甫這種豐富多樣的創造性，從唐宋以來，歷代都有散論只是未具體陳述。唐時，元稹在〈唐

〔註39〕 參看劉若愚《中國詩學》下篇〈詩的兩個主要的批評標準〉一文，杜國清譯，幼獅文化事業公司，頁147。
〔註40〕 同上，頁149。

檢校工部員外郎杜君墓係銘并序〉中便說到：「至於子美，蓋所謂上薄風騷，下該沈宋，古傍蘇李，氣奪曹劉，掩顏謝之孤高，雜徐庾之流麗，盡得古今之體勢，而兼人人之所獨專矣。」〔註41〕宋秦觀也說：杜詩「實積眾家之長，適其時而已，蘇武、李陵之詩長於高妙，曹植、劉公幹之詩長於豪逸，陶潛、阮籍之詩長於沖澹，謝靈運、鮑照之詩長於峻潔，徐陵、庾信之詩長於藻麗，於是杜子美者，窮高妙之格，極豪逸之氣，包沖澹之趣，兼峻潔之姿，備藻麗之態，而諸家之作，所不及焉。」〔註42〕這樣費事地列舉古今諸名家以比論杜詩，其目的無非是在說明杜詩之面貌千變萬化，集眾人之長。明胡應麟《詩藪》說：「盛唐一味秀麗雄渾，杜則精粗、鉅細、巧拙、新陳、淺深、濃淡、肥瘦靡不畢具。」〔註43〕王世懋《秇圃擷餘》說：「少陵故多變態：其詩有深句、有雄句、有老句、有秀句、有麗句、有險句、有拙句、有累句。後世別為大家，特高於盛唐者，以其有深句、雄句、老句也。而終不失盛唐者，以其有秀句、麗句也。」〔註44〕胡、王二家進一步地一一說出杜詩有雄深、秀麗、巧拙各種風貌。至於清代葉燮則說：「杜甫之詩，包源流，綜正變，自甫以前，如漢魏之渾樸古雅，六朝之藻麗纖巧，澹遠韶秀，甫詩無一不備。」又說：「自甫以後，在唐如韓愈、李賀之奇矞，劉禹錫、杜牧之雄傑，劉長卿之流利，溫庭筠、李商隱之輕艷；以至宋、金、元、明之詩家，稱巨擘者，無慮數十百人，各自炫奇翻異，而甫無一不為之開先。」〔註45〕這句話更是濃縮各代詩壇之風格面貌畢集於杜老一身，杜甫不但備前人之體，且開後人之貌，讓人不得不驚歎杜詩堂廡之深奧廣濶，風格之幻化多樣，實在是前無古人，後無來者了。

　　杜詩之內涵如長江大河，包融萬有，其成就歷時千載，流傳不廢，

〔註41〕原見元稹《元氏長慶集》，收於《杜甫卷》中，源流出版社，頁12。
〔註42〕原見秦少游《淮海集》，收於上書，頁138。
〔註43〕胡應麟《詩藪》內編，廣文書局，頁19。
〔註44〕見臺靜農《百種詩話類編》，藝文版，頁380。
〔註45〕原見葉燮《原詩》，收在丁福保《清詩話》，明倫書局，頁569。

不論古人或今人，對於杜詩中存有如此多樣之風格，早已推崇備至。
從一千四百餘首的杜詩中，我們隨處皆可領略這個事實。然而這僅僅
只能略識，無以全得。杜詩之深趣遙旨，渾涵變化，非積學儲寶，研
閱窮照，盡歷人事遷異者，無以得之。我只能藉古人之評實，約略歸
納，以窺豹斑：

(1)《遯齋閒覽》中載王荊公論杜之言曰：「其詩有平淡簡易者；
有綺麗精確者；有嚴重威武若三軍之師者；有奮迅馳驟若
泛駕之馬者；有淡泊簡靜若山谷隱士者；有風流蘊藉若貴
介公子者。」〔註46〕

(2)《珊瑚鉤詩話》載張表臣讀杜的心得，認爲杜詩有：「含蓄」、
「奮迅」、「清曠」、「華艷」、「窮愁」、「侈麗」、「發揚而蹈
厲」、「雄深而雅健」等各種風貌。〔註47〕

(3)《麓堂詩話》亦提出杜詩具：「清絕」、「富貴」、「高古」、「華
麗」、「斬絕」、「奇怪」、「瀏亮」、「委曲」、「俊逸」、「溫潤」、
「感慨」、「激烈」、「蕭散」、「沈著」、「精鍊」、「忠厚」、「神
妙」、「雄壯」、「老辣」等風格。〔註48〕

在這些眾多的名目中，雖然分類之標準不一，批評之視點各異，
但仍能指點我們認識杜詩幾種代表性的詩風。我綜合詩的語言與境
界，將之歸類爲：清新俊逸、穠麗高華、奇險健峻、雄渾飛動、自然
閒曠、沉鬱頓挫。這六種風格雖然不能義界謹嚴，壁壘分明，也不能
囊盡杜詩所有風貌，但對於我們汲取杜詩涓滴，認識杜詩多樣風格，
應該有所助益。以下輔以杜甫詩作，分類略述之：

一、清新俊逸

《詩人玉屑》論唐人句法以杜詩「留連戲蝶時時舞，自在嬌鶯恰

〔註46〕見宋沈炳《續唐詩話》，鼎文書局，頁6～1862。
〔註47〕同註44，頁297。
〔註48〕同註44，頁364。

恰啼。」(〈江畔獨步尋花七絕〉)爲清新之句。〔註49〕杜集中也屢見
此清新俊逸之作,尤以描寫自然景物和細小生物爲然,如:

　　△　錦里煙塵外,江村八九家;
　　　　圓荷浮小葉,細麥落輕花。(〈爲農〉)
　　△　白沙翠竹江村暮,相送柴門月色新。(〈南鄰〉)
　　△　幽花欹滿樹,細水曲通池。(〈過南鄰朱山人水亭〉)
　　△　遠郊信荒僻,秋色有餘淒,
　　　　練練峰上雪,纖纖雲表霓。(〈泛溪〉)
　　△　時出碧雞坊,西郊向草堂,
　　　　市橋官柳細,江路野梅香。(〈西郊〉)
　　△　白花簷外朵,青柳檻前梢。(〈題新津北橋樓〉)
　　△　糝徑楊花鋪白氈,點溪荷葉疊青錢。(〈絕句漫興九首之
　　　　七〉)
　　△　囀枝黃鳥近,泛渚白鷗輕,
　　　　一逕野花落,孤村春水生。(〈遣意二首之一〉)

杜甫在此類詩中,常以「清」、「細」、「小」、「新」、「輕」、「白」、「青」
等色澤清淡,意韻纖巧之詞來描寫自然界之野郊、花草、弱禽、浮物
等意象輕巧的景物,筆緻輕快流利,心情平和愉悅。就情感上來說,
這真是杜公一生苦難中難得的歡愉。杜甫入蜀後,生活安定,心情閑
散,詩風有明顯的變化,清俊之作,多半集結在此期,所透顯的情感
也常是輕快欣悅的。《韻語陽秋》說:「至成都,則有『老妻憂坐痺,
幼女問頭風』之句,觀其情悰,已非北征時比也。及觀進艇詩,則曰
『晝引老妻乘小艇,眼看稚子浴晴江』,江邨詩則曰『老妻畫紙爲棋
局,稚子敲針作釣鈎』,其優游愉悅之情,見於嬉戲之間,則又異於
在秦益時矣。」〔註50〕常之此語,便是洞見杜老心緒所得。杜老在兩
川,生活稍得安頓,心情愉悅,對著自然風物,作品也就清新俊逸,

〔註49〕 見魏慶之《詩人玉屑》,商務印書館,頁 50。
〔註50〕 同註44,頁 320。

呈露另一種趣味來。

二、穠麗高華

　　杜詩上承漢魏，詩風上有承襲齊梁華彩之處，在杜集中，我們可以找出許多雕塑華艷的句子，然而杜甫之所以能變化陳隋，出以己貌者，便是在這些綺麗的句子中能黜浮華，裁雅正，使它在穠麗中添注氣骨，而不致流於浮靡輕艷。杜詩穠麗高華之句頗多，如：

　　　△　山河扶繡戶，日月近雕梁。(〈冬日洛城北謁玄元皇帝廟〉)

　　　△　風箏吹玉柱，露井凍銀牀。(〈冬日洛城北謁玄元皇帝廟〉)

　　　△　紫萼扶千蕊，黃鬚照萬花。(〈花底〉)

　　　△　清江錦石傷心麗，嫩蕊濃花滿月斑。(〈滕王亭子二首之一〉)

　　　△　宮草霏霏承委佩，爐煙細細駐游絲。(〈宣政殿退朝晚出左掖〉)

　　　△　香飄合殿春風轉，花霧千官淑景移。(〈紫宸殿退朝口號〉)

　　　△　旌旗日暖龍蛇動，宮殿風微燕雀高。(〈奉和賈至舍人早朝大明宮〉)

　　　△　春酒杯濃琥珀薄，冰漿椀碧瑪瑙寒。(〈鄭駙馬宅宴洞中〉)

　　　△　麒麟不動爐煙轉，孔雀徐開扇影還。(〈至日遣與奉寄北省舊閣老兩院故人二首之一〉)

　　　△　珠簾繡柱圍黃鵠，錦纜牙檣起白鷗。(〈秋興八首之六〉)

杜甫此類詩中常凝塑以富麗的景物，如「龍蛇」、「燕雀」、「黃鵠」、「麒麟」、「煙爐」、「宮殿」等等，並以濃艷的色彩字來敷潤它，使其景象華美氣氛馥厚，大有齊梁靡麗之風，但老杜胸襟浩然，心中常存經世濟民之念，故又能脫化面貌，留存風骨。這是前人所未能，後人所不及之處。無怪乎明胡應麟說：「杜詩正而能變，變而能化，化而不失本調，不失本調而兼得眾調，故絕不可及。」〔註51〕

〔註51〕同註43，頁23。

三、奇險峻健

王彥輔《塵史》曰:「子美善用故事及常語,多倒其句而用之。蓋如此則語峻而體健。」〔註52〕清趙翼《甌北詩話》曰:(杜詩)「有題中未必有此義,而冥心刻骨奇險至十二三分者。」〔註53〕在杜詩「語不驚人死不休」的刻意鍊求下,杜詩中常呈露奇險峻健之風。此類詩句如:

△ 蹻步凌垠堮,側身下煙靄。(〈萬丈潭〉)

△ 盪胸生層雲,決眥入歸鳥。(〈望嶽〉)

△ 黿鼉吼風奔浪,魚跳日映山。(〈暫如臨邑至㟁山湖亭奉懷李員外率爾成興〉)

△ 竹批雙耳峻,風入四蹄輕。(〈房兵曹胡馬〉)

△ 紫崖奔處黑,白鳥去邊明。(〈雨詩〉)

△ 鳥驚出死樹,龍怒拔老湫。(〈送韋評事〉)

△ 血戰乾坤赤,氛迷日月黃。(〈送靈州李判官〉)

△ 徑摩蒼穹蟠,石與厚地裂。(〈鐵堂峽〉)

△ 路幽必爲鬼神奪,拔劍或與蛟龍爭。(〈桃竹杖〉)

△ 反思前夜風雨急,乃是蒲城鬼神入,
元氣淋漓幛猶濕,眞宰上訴天應泣。(〈劉少府畫山水幛〉)

△ 白摧朽骨龍虎死,黑入太陰雷雨垂。(〈韋偃畫松〉)

這些句子,體勢矯健,音韻鏗鏘,風、雷、鬼、神、黿、魚、龍、鳥,加上強烈濃重的色字,黑、白、赤、黃,直逼得人驚心動魄,險異萬分。這種詩風,正是開退之奇崛,長吉詭麗之處。

四、雄渾飛動

杜甫在寄高適岑參詩中論曰:「意愜關飛動,篇終接混茫。」混茫之詩,氣象雄厚,外接天地,內涵宇宙,與造化同流,非宏闊的胸襟無以致之。杜詩也屢見此聲宏氣壯,涵蓋乾坤,氣象雄偉的句子。

〔註52〕見蔡夢弼《草堂詩話》,卷二,見《百種詩話類編》,藝文版,頁347。
〔註53〕見趙翼《甌北詩話》,卷二,唐文書局。

如：

　　△　星垂平野闊，月湧大江流。(〈旅夜書懷〉)

　　△　乾坤萬里眼，時序百年心。(〈春日江村五首之一〉)

　　△　吳楚東南坼，乾坤日月浮。(〈登岳陽樓〉)

　　△　鼓角悲荒塞，星河落曙山。(〈將曉二首之一〉)

　　△　落日照大旗，馬鳴風蕭蕭。(〈出塞曲〉)

　　△　回首叫虞舜，蒼梧雲正愁。(〈同諸公登慈恩寺塔〉)

　　△　江漢思歸客，乾坤一腐儒。(〈江漢〉)

　　△　關塞極天惟鳥道，江湖滿地一漁翁。(〈秋興八首之七〉)

　　△　錦江春色來天地，玉壘浮雲變古今。(〈登樓〉)

　　△　海內風塵諸弟隔，天涯涕淚一身遙。(〈野望〉)

　　△　三分割據紆籌策，萬古雲霄一羽毛。(〈詠懷古跡五首之五〉)

　　△　三峽樓臺淹日月，五溪衣服共雲山。(〈詠懷古跡五首之二〉)

　　△　江間波浪兼天湧，塞上風雲接地陰。(〈秋興八首之一〉)

這類詩時間上是亙古的，空間上是壯闊的，莽莽太極，浩浩八荒，連接成飛動窈渺的神韻。鳳臺《王彥輔詩》話論子美「周情孔思，千彙萬狀，茹古涵今，無有涯涘。」〔註54〕便是指此類浩大的氣象。

五、自然閒曠

　　杜老屏迹詩曰：「用拙存吾道」，所謂「道」當指生理人事之天機。在工部幽居的生活中，頗有一些閒淡曠遠，呈露自然理趣的詩，其韻味不減淵明。黃生《杜工部詩話》曰：「田園諸詩，覺有傲睨陶公之色。」〔註55〕即針對這種詩風而言。如：

　　△　自聞茅屋趣，只想竹林眠。(〈示姪佐〉)

　　△　地幽忘盥櫛，客至罷琴書。(〈遇客相尋〉)

〔註54〕同註52，頁338。

〔註55〕見黃生《杜工部詩說》，中文出版社，頁122。

△ 水深魚極樂，林茂鳥知歸。(〈秋野〉)

△ 桑麻深雨露，燕雀半生成。(〈屏迹三首之二〉)

△ 賞靜憐雲竹，忘歸步月臺。(〈徐九少尹見過〉)

△ 世路雖多梗，吾生亦有涯，

　此身醒復醉，乘興即爲家。(〈春歸〉)

△ 山荒人民少，地僻日夕佳，

　貧賤固其常，富貴任天涯。(〈柴門〉)

△ 晨光映遠岫，夕露見日稀。(〈甘林〉)

△ 清江一曲抱村流，長夏江村事事幽，

　自來自去梁上燕，相親相近水中鷗。(〈江村〉)

這些詩中蘊含了大自然的閑淡趣味，有份莊子所云「遊心於淡，合氣於漠」的智慧。文字不假雕鑿，純任自然，天機所觸，從容閒適，讓人看不出一絲離流之苦。若非詩藝高妙，洞達人事的人，如何能造作得出。

六、沉鬱頓挫

　　杜詩中「沉鬱頓挫」之作，大抵指那些情感厚積盤結，筆法吞吐迴折，文字深秀鬱博，氣韻廣潤深長的詩，這類詩作正是本論文意欲深究的對向，其語文之幻化起伏，情感之翻騰沉凝，都將在以下的章節中一一述及，此處不作贅論。

　　從以上簡單的分論與欣賞中，杜詩風格之多樣性應可得到進一步的肯定，然而萬變不離其宗，人之天稟與濡染，常有其恆定不變的獨特傾向，這種傾向顯示在詩文中，便呈露出一種統一性，而透過這個統一性，讀者可以歸納得出作者與作品的基本風格。近人有將中國詩人類分爲「高士型」、「鬥士型」、「宰臣型」……等十一型者，〔註56〕所憑藉的便是這種基本風格。杜詩雖然承先啓後，包涵歷代許多名家之風，但基本上，後人還是以「沉鬱頓挫」來評賞他，沉鬱頓挫可以

〔註56〕 參見張健《文學概論》，五南圖書公司，頁121。

說是貫穿杜甫一千四百餘首作品的一個基本風格，我們除了了解杜詩
變化多樣的詩風外，不能不專就沉鬱頓挫一類加以深入剖析，以認識
杜老獨有的面貌。

第二章　杜詩沉鬱頓挫之義界

　　歷代談論杜詩之士，鮮有不提及「沉鬱頓挫」者，然而這個詞彙被運用了千餘年，也談論了千餘年，却很少有人能夠予以明確的定義。有人根據老杜《進雕賦》加以推論，誤「沉鬱」為「溫柔敦厚」之思〔註1〕；也有人全就筆法立論，誤「沉鬱」為「含蓄」之手法〔註2〕。而「頓挫」之說，有指章法者、有指文氣者、有指音韻者，凡此種種歧義，我們將藉本章之思辨來予以釐清。

　　其實「沉鬱」與「頓挫」本來是兩個尋常的抽象語詞，沉者深也，湛也，滯也；鬱者，愁也，積也，盛也；而頓之義有僵、止、遽、貯；挫之義有折、屈、止、抑等等。就每個單音的字來看，其義旨便有所分歧，連結成一個合義的複詞〔註3〕後，所顯示出來的意義就更為豐富多樣。因此，同樣這四個字，隨不同的使用情況、對象，將會有不同的意義。但，在文學風格的範疇內，不論其義旨如何偏側，所指的應是在作者與作品間游動的某種特殊的文學風格，它可能用以形容作

〔註1〕　傅庚生「沉鬱的風格，閎美的詩篇」一文中說：「他當時所說的沉鬱，近於所謂『詩教』的溫柔敦厚，還是屬於封建統治者服務的範疇。」此文收於《杜甫研究論文集》第三輯，北平中華書局，頁85。

〔註2〕　陳廷焯《白雨齋詞話》說：「所謂沉鬱者，意在筆先，神餘言外。」這便是誤「沉鬱」為「含蓄」的說法，河洛出版社，頁5。

〔註3〕　複詞通常指雙音詞而言，兩個單音字藉著意義相合，便成為「合義複詞」。參見許世瑛《中國文法講話》，開明書局，頁24。

者的文思、情感，也可能用以形容作品的氣韻、節奏。這樣的一種風格，其內涵應是什麼？這是感性評賞上的一個抽象概念，我們如何透過知性分析以攫取這個概念，首先要憑藉的，便是清晰的義界。

用「沉鬱」、「頓挫」來形容作者與作品者，早在杜甫之前的詩文便可看到。至杜甫《進雕賦表》中用以評述自己的才學創作後，後人評杜便屢屢援用，幾乎成了評賞杜詩的專有名詞。然而杜甫之前、杜甫本身、杜甫之後，所有詩家用「沉鬱」、「頓挫」者，其詞義皆不盡相同。究竟「沉鬱頓挫」之含義爲何？杜甫自許的「沉鬱頓挫」與後人評杜的「沉鬱頓挫」，二者之間有什麼異同？這是本章首要論及的。以下我們將透過杜甫之自許與後人之評杜，配合杜詩透顯出來的風貌來歸納「沉鬱頓挫」之義界。

第一節　杜甫自許之「沉鬱頓挫」

杜甫是個憲章漢魏，上承風騷的詩人，以其讀書破萬卷的學力看來，其所謂「沉鬱頓挫」必有脫化自前人的痕跡可尋。吳瞻泰《杜詩提要》評「秋興八首」時說：「少陵一腔忠憤，沉鬱頓挫，實得屈子之〈九歌〉，宋玉之〈九辨〉而變化之。」〔註4〕這句話點出杜詩「沉鬱」可能有其淵源性。近人安旗則推測杜甫的「沉鬱」一詞可能自《文賦》脫化而來。他說：「《文選》陸機〈文賦〉有句云：『言恢之而彌廣，思按之而彌深，播芳蕤之馥馥，發青條之森森。粲風飛而猋豎，鬱雲起乎翰林。』杜甫學問得力於《文選》者頗多，常以『熟精文選理』教育他的兒子，他自己對於《文選》自然更是爛熟於胸中了。他的『沉鬱』一詞，可能從這裏變化而來。沉者，深也，似有『思按之彌深』之意；鬱者，積也，厚也，似有『鬱雲起乎翰林』之意。」〔註5〕這段

〔註4〕吳瞻泰《杜詩提要》，大通書局，頁649。
〔註5〕見安旗「沉鬱頓挫試解」一文，收於《杜甫研究論文集》第三輯，北平中華書局，頁152。

推論將「沉鬱」一詞詮釋得極爲精彩，但杜甫本人是否有此自覺，就不得而知了。

　　不管老杜意識上自覺與否，我們在探視杜甫本意前仍需認識前代詩文用「沉鬱頓挫」之義旨。

　　早在屈原〈九章・懷沙〉中便有「沉鬱」一詞曰：

　　　　申旦以舒中情兮，志沉菀而莫達。

按「菀」有茂盛義，與「鬱」通〔註6〕，「沉菀」即「沉鬱」，屈子用之以形容情志之沉悶鬱結，終夜舒之而莫達。故「沉鬱」一詞，相當於人的情感心志沉凝抑鬱。

　　漢以後，「沉鬱」一詞之義蘊已從人的情志，引入作者文思。劉歆〈求方言書〉曰：

　　　　子雲澹雅之才，沉鬱之思。〔註7〕

任昉〈王文憲集序〉曰：

　　　　沉鬱澹雅之思，離堅合異之談。〔註8〕

陸機〈思歸賦〉曰：

　　　　伊我思之沉鬱，愴感物而增悲。〔註9〕

這些「沉鬱」指的都是一種深沉蘊積的思緒，可以是文思，也可以是作者情志。文思本即作者情志之所發，《詩品》序曰：「方今皇帝，資生知之上才，體沉鬱之思，文麗日月，賞究天人。」〔註10〕便是指梁武帝的文思而言。因此我們可以了解，在杜甫之前，「沉鬱」一詞大抵指作者抑鬱沉悶的情志，或作者深沉鬱積的文思而言。

　　「頓挫」一詞，見於《後漢書・孔融傳》贊：

〔註6〕　參見戴震《屈原賦注》收入《清人楚辭注三種》，長安出版社，頁24，戴氏《屈原賦注音義》曰：「菀，於阮切，一作鬱。」

〔註7〕　劉歆〈求方言書〉，引文見仇兆鰲《杜詩詳在》，漢京版，頁2172。

〔註8〕　任昉〈王文憲集序〉，見《評注昭明文選》卷十一，學海出版社，頁891。

〔註9〕　陸機〈思歸賦〉，引文見註7。

〔註10〕　見汪師中《詩品注》，正中書局，頁21。

　　　北海天逸，音情頓挫。〔註11〕

頓挫用以形容作品之情感、音節。陸機〈文賦〉曰：

　　　箴頓挫而清壯。〔註12〕

又〈遂志賦〉曰：

　　　抑揚頓挫，怨之徒也。〔註13〕

箴本以譏刺得失，須有情韻抑揚，音調頓挫，方能動人聽聞，故陸機
運用「頓挫」一詞，義旨仍同於《後漢書》。《詩品》卷中也用到「頓
挫」，其言曰：

　　　朓極與余論詩，感激頓挫過其文。〔註14〕

《詩品》以謝朓詩「奇章秀句，往往警遒」，但「意銳才弱，末篇易
躓」，因此鍾嶸特別補述一句，認為謝朓論詩「感激頓挫過其文」，這
裏所謂「頓挫」也就是「警遒」之力，謝朓詩不足處，便是篇末無力。
由此可知，詩品用「頓挫」指作者氣韻所造成的作品氣力，與前述「音
情」未必同旨。

　　以上，我們看到「沉鬱」、「頓挫」在不同情況的使用下，產生不
同層次的涵義，如果就「作者－作品」、「語言－境界」的視點來看，
在杜以前的人，所謂「沉鬱」，其義旨止於作者，而含有作者情志深
沉蘊積，鬱悶不達之義。至於「頓挫」之義，則兼及作者與作品，指
作者情感流動，氣韻變化，形成作品語文起伏，音韻頓宕之勢，這樣
的詞義內涵，與杜甫自許之義能否相符，則需進一步從杜甫本旨來看。

　　杜甫論及「沉鬱頓挫」的文字有三處，除了一般熟知的〈進雕賦
表〉外，在〈同元使君春陵行有序〉及〈觀公孫大娘弟子舞劍器行并
序〉中亦曾提及。

　　天寶十三年，杜甫首次提到「沉鬱頓挫」一詞。〈進雕賦表〉曰：

〔註11〕見《後漢書本孔融傳》，鼎文書局，頁2271。
〔註12〕陸機〈文賦〉見《評注昭明文選》卷四，學海出版社，頁330。
〔註13〕陸機〈遂志賦〉，收於《兩漢魏晉南北朝文學批評資料彙編》，成文
　　　　出版社，頁190。
〔註14〕汪師中《詩品注》，正中書局，頁192。

> 自先君恕、預以降，奉儒守官，未墜素業矣。……臣幸賴
> 先臣緒業，自七歲所綴詩筆，向四十載矣，約千有餘篇。
> 今賈馬之徒，得排金門，上玉堂者甚眾矣。惟臣衣不蓋體，
> 嘗寄食於人，奔走不暇，祇恐轉死溝壑，安敢望仕進乎？
> 伏惟明主哀憐之。倘使執先祖之故事，拔泥塗之久辱，則
> 臣之述作，雖不能鼓吹六輕，先鳴數子，至於沉鬱頓挫，
> 隨時敏捷，揚雄，枚皋之徒，庶可企及也。〔註15〕

自天寶五年，杜甫抱著從政濟世的理想和追求功名的希望來到長安。次年應詔考試，却因李林甫的弄權欺蒙而落選，杜甫在長安的生活從此陷入困境，只好四處向達官貴人投詩請求援引，這篇表是他在天寶十三年投延恩匭，進〈雕賦〉給朝庭的獻言。鵰是一種鷙鳥，有「英雄之姿」，也象徵「大臣正色立朝之義」，杜甫以之自喻，表文中並介紹了他「奉儒守官」的家業及詩學上的造詣，在這裏，杜甫一面謙遜地說自己「不能鼓吹六經，先鳴數子」，一面又自負其「沉鬱頓挫」、「隨時敏捷」可比「揚雄、枚皋」。我們特別要注意，杜甫自許之辭除了「沉鬱頓挫」外，尚有「隨時敏捷」，並以「揚雄、枚皋」爲比，這樣的文字組合，倒頗耐人尋味。「沉鬱頓挫」與「隨時敏捷」有怎樣的關係？杜甫又爲什麼拿揚雄、枚皋自比？

《漢書・揚雄傳》形容揚雄說：「默而好深湛之思。」又說：「（太玄），深者入黃泉，高者出蒼天，大者含元氣，纖者入無倫。」其贊曰：「今揚子之書，文義至深，而論不詭於聖人。」〔註16〕由此，可知杜甫自比於揚雄者，主要在一「深」字及「不詭於聖人」（詭作違也）。「沉鬱頓挫」便是據此而言。

又《漢書・枚皋傳》介紹枚皋說：「上有所感，輒使賦之，爲文疾，受詔輒成，故所賦者多。」〔註17〕枚皋性詼諧，爲文敏疾，杜甫

〔註15〕見仇兆鰲《杜詩詳註》卷之二四，漢京文化事業有限公司，頁2172。
　　　關於杜甫進〈鵰賦〉的年代，仇氏考定爲天寶十三年。
〔註16〕見《漢書》，藝文印書館，頁1514～1542。
〔註17〕同上書，頁1117。

以之自比，殆指「隨時敏捷」而言。

由是，我們可以推知，杜甫在此表中將自己的作品分爲兩類，一爲「沉鬱頓挫」，一爲「隨時敏捷」，前者指思慮深湛，托旨遙渺的作品，後者指即時應對，機敏成章的作品，揚雄、枚皋則是他用來形容自己兩類作品的具體比擬。我們由這樣的文字組合可了解幾層意義：

一、杜甫連舉揚、枚，正是自詡有兼人之才，進而更表示自己在詩學上，有著「沉鬱頓挫」的思力，也有著「隨時敏捷」的才情，同時也表示自己詩風之多樣。這是何等自勉自負的話。〔註18〕

二、「沉鬱頓挫」代表作品深湛的內涵，也點出杜甫奉守儒業，不違聖人的宿願，這是「沉鬱」的主體。

三、杜甫雖謙言「不足鼓吹六經，先鳴數子」。實際上，從他的自詡與「沉鬱頓挫」的執著來看，最後還是顯示出自己以宗經爲尚。

從這段文字，我們對杜甫之「沉鬱」已有相當了解，但「頓挫」何義，仍須輔以杜甫另外兩篇文字來加以探視。

《同元使君舂陵行有序》云：

> 覽道州元使君結〈舂陵行〉兼〈賊退後示官吏作〉二首，志之曰：當天子分憂之地，效漢官良吏之目，今盜賊未息，知民疾苦，得結輩十數公，落落然參錯天下爲邦伯，萬物吐氣，天下小安可得矣。不意復見比興體製，微婉頓挫之詞，感而有詩，增諸卷軸，簡知我者，不必寄元。〔註19〕

杜甫此序主要說明元結〈舂陵行〉詩，憂國憂民，是詩家之秀，有「俊哲之情」。在詩中杜甫還論曰：「道州（指元結）憂黎庶，詞氣浩縱橫」，則序中所謂「微婉頓挫之詞」應是指其縱橫浩蕩的詞氣了。

又〈觀公孫大娘弟子舞劍器行并序〉中說：

〔註18〕 此意參考王雙啓「『沉郁頓挫』辨析」一文，見成都《草堂》雜誌，1982年第二期，頁41。

〔註19〕 仇注《杜詩詳注》，漢京版，頁1691。

余尚童稚，記於鄴城觀公孫氏舞劍器渾脫，瀏灕頓挫獨出
冠時。〔註20〕

序中杜甫用「瀏灕頓挫」來形容記憶中公孫大娘舞劍器之妙，今觀其
弟子李十二娘舞之，「既辨其由來，知波瀾莫二。」杜甫在此詩中生
動描摹出舞者的姿態說：「爛如羿射九日落，矯如群帝驂龍翔，來如
雷霆收震怒，罷如江海凝清光。」這樣矯然上騰，忽來，陡罷，如江
海波瀾，幻化無端的舞勢，也就是「瀏灕頓挫」之義。

綜合以上所論，在此我們先表列其結果以資分析：

義界 時間	沉　　鬱	頓　　挫
杜甫之前	屈子——沉悶鬱結的情志 劉歆 任昉——深沉蘊積的文思 陸機 鍾嶸——深沉蘊積的思緒	後漢書 詩品序——音情之昂揚 詩品卷中——作品骨力
杜甫自許	寄托聖思，文意深湛	韻勢流轉，詞氣縱橫

從這個表可以看出，「沉鬱」不論在什麼時間，其內涵離不開一
個「深」字，是作者心中深厚貯存下來的思想、情志或文意；「頓挫」
則不離抑揚變化之勢，是作者心緒情感凝聚氣韻，而在作品中形成一
種頓宕變化之美。至於杜甫自許的「沉鬱」，即以聖人之思為心志，
蘊釀成厚積深藏的文思，杜甫自許的「頓挫」，則是縱橫浩蕩的詞氣，
也就是行文時流轉自如的波瀾變化，音韻起伏。

然而，這只是杜甫自許的意義，與杜詩中能否展現出這種風格，
完全是兩回事，一個作家儘可以自許自己去達到怎樣的文學造詣，而
實際的作品卻未必能臻於這個理想。睽諸杜詩，我們可以發現杜甫自
許的「沉鬱頓挫」與杜詩中實際呈現出的「沉鬱頓挫」之風格，確實

〔註20〕同上書，頁1817。

有所出入，但絕不是不及，而是過之，這點恐怕是許多文學家所達不到的。人泰半是眼高手低，杜甫能在自己眼界之外，更推高一層，這絕非常人所能。考杜甫提出「沉鬱頓挫」的時間，主要在天寶十三年這篇〈進雕賦表〉〔註21〕，當時杜甫身在長安，年方四十餘，尚未經歷安史之亂，與後來遭受時代離亂，飄流屣移，歷識民生苦難的作品，在境界與詩藝上自然有很大的不同。杜甫之所以能在自許的「沉鬱頓挫」上更加深內涵，完全是得力於「詩窮而後工」，而後人論杜之「沉鬱頓挫」也大半根據杜甫中後期這些窮苦困頓，干戈離亂之後的作品來看。因此，杜甫自許的「沉鬱頓挫」，與後人評杜之「沉鬱頓挫」必然會有所不同，我們必須再了解後人之說，參就杜詩藝術，才能定出精切的義界。

第二節　歷代詩家論杜之「沉鬱頓挫」

自杜甫夫子自道後，中晚唐詩家雖然能識杜詩奧秘，却未見似「沉鬱頓挫」一詞論杜。歷來借「沉鬱頓挫」論杜者，首見於宋代張戒、黃庭堅、嚴羽三家。張戒《歲寒堂詩話》評〈可歎〉詩曰：

> 「天上浮雲如白衣，斯須改變如蒼狗，古往今來共一時，人生萬事無不有。」此其懷抱，抑揚頓挫，周已傑出矣。
> 〔註22〕

范元實《詩眼》載山谷之言曰：

> 詩有一篇命意，如此詩（〈贈韋左丞〉）前後布置是一篇命意也，至其道不忍決去之意則曰「尚憐終南山，回首清渭濱」，其道欲與韋別之意則曰「常擬報一飯，況懷辭大臣」，此句中命意也，蓋如此，然後可謂頓挫高雅矣。〔註23〕

〔註21〕 仇兆鰲《杜詳詳註》所考定的年代，學海出版社編的《杜甫年譜》則定於天寶九年。

〔註22〕 張戒《歲寒堂詩話》卷下，收於臺靜農《百種詩話類編》，藝文版，頁315。

〔註23〕 范元實《詩眼》，收於郭紹虞《宋詩話輯佚》，華正書局，頁323。

嚴羽《滄浪詩話》曰：

> 子美不能爲太白之飄逸，太白不能爲子美之沉鬱。〔註24〕

由三家的文字看來，張戒論「懷抱」；山谷論「命意」；儀卿之言則渾無確指，我們僅能得到一個簡單的「頓挫」含義，即張、黃二人所謂頓挫，一指心緒抑揚之變化，一指詩文意旨之轉折，這是將「頓挫」之義落實在作者情志與作品文意的層次來使用它。

　　宋之後，元明兩代偶有論及者，然多半只援用詞彙，未爲確指，如張綖評〈登袞州城樓〉曰：「蓋此詩老成沉鬱，疑非少作。」〔註25〕范德機評〈九成宮〉曰：「杜子美之沉鬱頓挫類此也。」〔註26〕這些蹈空設論的文字很難看出論者之意。稍能透顯義旨的，如汪瑗《杜律五言補注》評〈月〉詩曰：

> 意微婉而詞頓挫，含蓋不盡之味。

又評〈小園〉曰：

> 公「身無却少壯，跡有但羈棲」本是「身却無少壯，跡但有羈棲」耳，此倒一字法也。若此聯不貼園解，則左右縱橫，字字可倒，……此因爲微婉頓挫之詞，其蓋肇於迴文之詩也歟。〔註27〕

王嗣奭《杜臆》評〈兵車行〉曰：

> 此詩已經物色，尤妙在轉韻處磊落頓挫，曲折條暢。

評〈自京赴奉先縣詠懷〉曰：

> 婉轉懇至，抑揚吞吐，反覆頓挫，曲盡其妙。

又評〈入奏行贈西山檢察使竇侍御〉曰：

> 此詩一韻到底，而兩用疊韻，妙協音節，起伏頓挫。〔註28〕

由這些文字看來，頓挫是一種婉轉的語氣，迴折的文字，變化的音韻。這是繼宋人之後，將頓挫由作者情志與作品文意之層次再推展到語文

〔註24〕嚴羽《滄浪詩話》見郭紹虞校釋本，東昇出版事業公司，頁155。
〔註25〕張綖《杜工部詩通附本義》，大通書局，頁25。
〔註26〕范椁批點，鄭鼐編《杜工部詩范德機批選》，大通書局，頁44。
〔註27〕見汪瑗《杜律五言補注》，大通書局，頁378、頁391。
〔註28〕見王嗣奭《杜臆》，中華書局，頁14、頁34、頁146。

音韻變化的用法。其他如李東陽《麓堂詩話》曰：

> 長篇中須有節奏。有操、有縱、有正、有變，若平鋪穩布，
> 雖多無益，唐詩類有委曲可喜之處，惟杜子美頓挫起伏，
> 變化不測，可駭可愕，蓋其音響與格律正相稱。

又曰：

> 五七言古詩仄韻者，上句末字類用平，惟杜子美多用仄，
> 如玉華宮、哀江頭諸作，概亦可見。其音調起伏頓挫，獨
> 爲矯健，似別出一格。〔註29〕

王世貞《藝苑卮言》曰：

> 大要貴有照應，有關鍵，有頓挫，其意主比興，其法有正
> 插有倒插。

又曰：

> 歌行有三難，起調一也，轉節二也，收結三也，惟收爲尤
> 難。如作平調，舒徐綿麗者，結須爲雅詞，勿使不足。奔
> 騰洶湧，驅突而來者，須一截便住，勿留有餘。中作奇語，
> 峻奪人魄者，須令上下脈相顧，一起一伏，一頓一挫，有
> 力無跡，方成篇法。〔註30〕

東陽用「頓挫」來形容音調、節奏、用韻之起伏變化，王世貞則用於
調勢承轉、章法起伏上，這些論點與汪瑗、嗣奭等人大致同屬作品語
文範疇。我們可以約略窺得，明人論杜多在語文結構上致力，散評的
文字雖借用「沉鬱頓挫」一詞，但多屬隨意運用，缺少對術語本身的
思辨，故其義界亦極含糊，我們只能透過片斷的言論來尋繹其旨。

　　以上是宋元明三代評杜詩「沉鬱頓挫」的零散文字，我們可以看
出，清代之前用「沉鬱」評杜者並不多見，而用「頓挫」者，意旨也
不統一，宋人就作者心緒、作品文意論；明人就文字布置，音節轉換
論。諸說紛歧，觀點各有出入，但大抵有其表裏相承的關係。就詩的

〔註29〕李東陽《懷麓堂詩話》收於《百種詩話類篇》，藝文版，頁 363～364。
〔註30〕王世貞《藝苑卮言》卷一，收於清丁仲《續歷代詩話》四，藝文印
　　　　書館版。

創作而言，先有作者思緒之起伏，情感之翻騰，而後才有作品命意、用韻、節奏之安排等。杜詩頓挫之風，實際上是綜合作者情志到作品藝術的整體，宋元明諸家所論，殆各指一端而已。

清代，詩家論杜之「沉鬱頓挫」者頗多，或專就「沉鬱」、「頓挫」深其內涵，或資為術語以箋注杜詩，有論作者的，也有論作品的，眾說紛紜，視點岐異，蔚為大觀。其中論述尤多者，首推吳瞻泰、方東樹二人，其他詩家亦間有發明，以下擇其具代表性者，析論歸納，以了解清人評杜「沉鬱頓挫」之內涵為何。

吳瞻泰《杜詩提要》評〈奉贈韋左丞丈二十二韻〉詩曰：

> 騎驢一段中分三折，既言到處悲辛，是無知遇矣，而主忽見徵，既欻然求伸，是有知遇矣，而卻垂翅無縱鱗。抑揚頓挫，一波三折，總是曲筆寫儒冠多誤身句。

評〈贈衛八處士〉曰：

> 詩惟恐不藏，愈轉愈曲，愈藏愈深，此章發端二句，即忙作一轉，二段雖直敘，然筆筆是轉，至末一主一賓兩轉，結句又是一轉，通首無一直筆，抑揚頓挫，得蘇李之神。

評〈飛仙閣〉曰：

> 結四句，一開一合，抑揚頓挫。

評〈白絲行〉曰：

> 所謂抬得高，愈跌得重，抑揚頓挫，寫盡榮枯之異致。

評〈哀王孫〉曰：

> 篇中王孫凡四見，須看其底或隱或露，欲語不語，無限起伏頓挫，如生龍活虎。〔註31〕

綜上所引，我們可以看出，吳氏所謂「一波三折」、「曲筆」、「開闔」等全就詩之命意、筆法著眼。吳氏論杜少涉「沉鬱」一詞，所用「頓挫」雖多，然意旨不離作品語文結構，內涵上未脫前代範疇。

方東樹評杜之文字極多，散見《評古詩選》《評今體詩鈔》及《昭

〔註31〕引文分見吳瞻泰《杜詩提要》，大通書局，頁 77、頁 81、頁 181、頁 253、頁 277。

昧詹言》中。方氏對於杜詩之「頓挫」較能刻意詮釋，有其深入獨到
的看法。《昭昧詹言》曰：

> 大約飛揚峥兀之氣，崢嶸飛動之勢，一氣噴薄，眞味盎然，
> 沉鬱頓挫，蒼涼悲壯，隨意下筆，而皆具元氣，讀之而無
> 不感動心脾者，杜公也。

又曰：

> 頓挫，往往用之未轉接前。
> 潔淨、遠勢、轉折、換氣、束落、參活語、不使滯筆重筆，
> 一氣渾轉，中留頓挫之勢，下語必驚人，務去陳言，力開
> 生面，此數語通於古文作字。〔註32〕

《評古詩選》則曰：

> 頓挫之說如所云，有往必收，無垂不縮。將軍欲以巧助人，
> 盤馬彎弓惜不發。〔註33〕

凡此，我們可以看出方氏論「頓挫」之得，在一「有往必收，無垂不
縮」之巧化，其內涵可以是「飛揚峥兀的元氣」，也可以是「崢嶸飛
動」的筆勢，這種論點兼跨作者與作品兩方面，是較具體而周全的看
法。尤爲難得的，方氏論「頓挫」尚有「收束截止」之意，此點是前
人所未提及的。如《評古詩選》論〈古柏行〉曰：「『扶持』二句頓挫
住。」這便是將「頓挫」作「收束」的用法。前引「頓挫，往往用之
未轉接前。」也是此意。方氏論「頓挫」深合文學原理，可惜於「沉
鬱」方面未見闡發。

除了方、吳二人外，清代論杜之「沉鬱頓挫」者仍多，然英雄所
見略同，大抵少涉「沉鬱」，多論「頓挫」，內涵上亦都大同小異。關
於「頓挫」者，如李鍈《詩法易簡錄》評〈麗人行〉曰：

> 此詩就中雲幕句必須用韻者，承上二聯兩五字排宕之勢而
> 頓挫之也。〔註34〕

〔註32〕 見方東樹《昭昧詹言》，廣文版，頁3～4。
〔註33〕 方東樹《評古詩選》，聯經版，頁25。
〔註34〕 李鍈《詩法易簡錄》，蘭台書局，頁70。

黃生《杜工部詩說》評〈送司馬入京〉詩曰：

　　此全首虛運，於格本不為貴，其奇乃在章法、句法，緣情
　　事極其鬱結，故章句極其頓挫。〔註35〕

施補華《峴傭說詩》曰：

　　〈奉先詠懷〉及〈北征〉是兩篇有韻古文，後人無此才氣，
　　無此學問，無此境遇，無此襟抱不能作。然細繹其中陽開陰
　　闔，波瀾頓挫，殊足增長筆力，百回讀之，隨有所得。〔註36〕

關於「沉鬱」者，如清高宗御選《唐宋詩醇》評〈兵車行〉曰：

　　末以慘語結之，語意沉鬱。〔註37〕

楊倫《杜詩鏡銓》評〈行次昭陵〉曰：

　　前半頌昭陵，商皇典重，後半慨時事，沉鬱悲涼。

又評〈病柏〉等曰：

　　四詩寄託深遠，語意沉鬱。〔註38〕

曾國藩《十八家詩鈔》評〈舟中苦熱遣懷呈楊中丞，通簡台省諸公〉
曰：

　　沉詞怫鬱，如游魚銜納而出重淵之深。〔註39〕

從歷代詩家紛紜的評論中，可以看到一個事實：前人評杜之「沉鬱頓
挫」只是隨意資為評論用語，少有刻意晰辨者，故其詞義分歧，琳瑯
滿目。「沉鬱」大抵指語意深沉而言，「頓挫」則指作者元氣，作品文
意、章法、音韻等的變化之勢，其中以方東樹「頓挫」說最為深刻具
體，最能吻合文學原理與老杜特色。然而，這些「沉鬱頓挫」的評論
文字，終究只是感性評賞，欠缺知性的系統分析，為了讓老杜這種詩
風能更具體呈現，我將於下節中重新為「沉鬱頓挫」釐定一個較清晰
的義解。

〔註35〕黃生《杜工部詩說》，中文出版社，頁244。
〔註36〕施補華《峴傭說詩》，見《百種詩話類編》，藝文版，頁423。
〔註37〕清高宗《唐宋詩醇》，中華書局，頁215。
〔註38〕曾國藩《十八家詩鈔》卷十一，世界書局，頁337。
〔註39〕缺註文。

第三節　「沉鬱」新解

　　從杜甫的自許與歷代詩家零散片斷的立論，可以了解「沉鬱」一詞的基本義旨在深廣厚積，它所關涉到的範圍則由作者之情感心志，以至於作品內涵之文意。杜甫自許的「沉鬱」指作者聖人襟抱的理想下，一種負責任的預期憂思；後代評論的「沉鬱」則是歷時代苦難後，一種無可奈何又奮力以濟的救世悲感，這兩種心思，融入作品中都能成就按之彌深，吞咽迴折，哀而不怨的含蓄義蘊，然其深淺度却不相同。就杜詩來說，這兩者實際上是一體的，只在層次深淺中區別。因為，風格的存在，本是一種流動不居的美，初看與細味間常有差異，同一「沉」義，其層度還會有較深、極深之別。就像同色系深淺之外，淺外更有淺，深外更有深一樣。因此，杜之自許與後人評杜之「沉鬱」，屬一體中之深淺差別。我們如單純地將「沉鬱」定義為深廣厚積的情志、文意，非但不能明白其深淺層次，更不足表達杜詩內涵之美。

　　要想表達出杜詩「沉鬱」之美，必須真正分析出其為「沉鬱」之質。「沉鬱」的內質，基本上作者心志必須有囊括時代人倫的廣潤與超絕，情感必須有極大的執著與韌力，透顯於作品的文意必須是涵隱深蓄，濃郁中欲說還止，含蘊迴折，絕不一口氣叨訴不休，傾洩無餘，像這樣的韻味才夠得上杜詩之「沉鬱」。近代的美學學者將文藝之美分為「美」（beauty）或「優美」（anmutizes）「崇美」（sublime）或「崇高」（erhadenes）「悲劇」（tragedy）或「悲壯」（tragisches），「滑稽」（komisches）或「幽默」（humor）等四種類型。〔註 40〕也有簡分為

〔註40〕見王夢鷗《文學美學》〈意境論─假象原理〉一文。楓葉書局，頁193。王氏認為文學之美涉及意志、命運與人格，凡直覺性意志所引起的，與外在「世界」積極共鳴的調和，即構成「美」或「優義」。不能調和則成「悲壯」或也有「崇高」，此謂之「崇美」。「悲壯」則是「優美」破壞後產生的另一種倫理性，它與崇高同體，同是沉重的心情，不可解的命運，是悲劇性的。至於「滑稽」則是行為與目的不成比例所產生的輕鬆感，中間如加入更多的悟性、知識、思辨等，就進入「幽默」。
　　本章「莊嚴的悲感」（sublime and tragic）一詞，脫化自「崇美」、「悲

「秀美」、「崇高」、「悲壯」、「滑稽」等四類者。〔註41〕如根據這種美學分類來審視杜詩之「沉鬱」，則只有「崇高」與「崇美」，「悲壯」與「悲劇」方足以當之。而這種崇美與悲劇性，絕不是源自自我與現實世界的矛盾而已，而是推己及人地，更集他人與世界之矛盾於自我中，這樣融鑄出來的「沉鬱」不只見到個人性的悲劇，更看到巨大的時代悲劇。義山詩也有人稱之「沉鬱」，但其「沉鬱」的程度絕比不上杜詩。像〈錦瑟〉、〈無題〉之類的作品，予人的感覺只是憂鬱，是小天地裏的哀愁，完全不同於為整個大時代而悲哀而欣喜的壯潤與深沉。因此，我們定義杜詩之「沉鬱」也絕不同於一般泛泛之義旨，它的根本條件必須有以社稷人倫為重的懷抱，即一種聖人的胸襟與修養，這種心志蔚為深沉厚積的情感，發為吞吐含蓄的義蘊，方算是「沉鬱」。

　　綜言之，所謂「沉鬱」，在內容上必須具有社會性，氣勢上必須宏偉壯潤，筆觸上必須蒼老迴折，義蘊上必須言有餘味，吞吐不盡。它是一種入世的、仁者的胸懷，是專執而忠謹的情感，是壯潤而激昂的心志。所融塑出來的思緒，是熱烈中雜著死寂，絕望中牽繫著冀盼，是內心交錯掙扎、滙集而成的沉重與莊嚴之思。這是杜詩「沉鬱」之風的整體義界，為了再予以詳細精切的詮解，我們可以析之為三：

一、莊嚴的悲感

　　很多人論杜詩之「沉鬱」專在深沉與厚積上立論，殊不知「沉鬱」的第一義應建立在其悲劇性上。這裏所謂悲劇性，絕不同於希臘之悲劇，而是一種中國式的，生命意識上的悲感。我權借美學上的 sublime and tragic 一詞（同註41）來定義它，名之曰「莊嚴的悲感」。

　　西洋文化中，尤其古希臘史詩中的悲劇，著重在英雄個人意志與命運間的衝突，運用戲劇化悲慘安排，以引起人的「哀憐和恐懼」之

　　壯」等語。
〔註41〕姚一葦《美的範疇論》，開明書局，頁9。

共鳴〔註42〕。嚴格說起來，它是悲壯的美，但與此處要詮釋之悲感有所不同。希臘的悲劇英雄，其精神上是勇者，是契而不捨地與命運搏鬥，而至於壯烈死節者，是剛毅不拔，超越常人的奮鬥者。這與中國人順天適命的方式有所不同。中國人的性格得儒道釋諸家思想的中和，大多能在窮通異處時，尋得適切的安頓，因此結局常是溫和和含歛的。與希臘壯烈毀滅的方式不同。然而在奮鬥的過程中，理想之執著，精神之昂揚變化，與隨之所得的能力知覺，智慧提昇等則是中西共存的。簡單的說，中國文學中或許沒有西方的「悲劇」與「悲劇英雄」，但却存有著普遍的悲劇性意識。這種悲劇意識是一種對人世、理想等無可奈何又有執守不放的事、物，所發出的情感。中國人對於宇宙人生也常懷有這種悲感。陳世驤名之曰：「宇宙性的悲哀」、「靜態的悲劇」等，是對於「巨大無邊不可捉摸的命運之流動」的感悟。〔註43〕有人認為這種悲劇感，「只讓我們感覺人的渺小，並不提昇人的精神以臻於偉大之境」。「這種空虛渺小的感覺，只足以使人放棄對於人的倫理或價值的堅持」〔註44〕等，這恐怕是誤解陳世驤的本意了。其實這種悲感之所發，正足代表其人對人世的執著。如果把這種執著落實於實際人事，便是孔子所謂「知其不可而為之」的精神，它是在默認命運下，所展現的超乎自我的一種對人世的關懷與投注。不是「放棄」，不是「超脫」而是「執著」，因著這種入世的執著，才更見其崇高與莊嚴。也因著這種莊嚴的悲感，在詩文中才更具倫理與心理的功能。〔註45〕

　　杜詩之「沈鬱」基本上是從「溫柔敦厚」的詩教上出發，本已具

〔註42〕參考亞里士多德《詩學》，姚一葦箋注，中華書局，頁67。

〔註43〕陳世驤〈中國詩之分析與鑑賞示例〉一文，收於《陳世驤文存》，志文出版社，頁147。

〔註44〕見柯慶明〈論悲劇英雄〉一文，收於《境界的探求》，聯經出版事業公司，頁95。

〔註45〕楊鴻烈《中國詩學大綱》中，認為中國詩有倫理與心理兩種功能，商務印書館。

備儒教倫理功用的價值，在杜甫之自許中，我們便已看出這種質性，然而當時的悲劇性還不夠濃厚，尚不能稱之崇高與莊嚴，直到安史亂後，這種莊嚴的悲劇性才節節升高。從杜甫中晚期的作品中，我們可以看到一個體格纏弱，衣食不繼的老者，帶著一家大小飄泊東南西北，吟哦間，流露無限仁愛與慈悲，他在浩蕩無邊的命運下，仍不屈地執著著忠心愛民的必志，他沒有悲劇英雄的銳氣，却堅韌地向人世投注全副生命的關注。我們看看他〈奉先詠懷〉、〈八哀詩〉、〈三吏三別〉、〈同谷七歌〉⋯⋯等等，無一不是悲人事，憂社稷的至情之作。梁任公說：「他集中對於時事痛哭流涕的作品，差不多占四分之一。」〔註46〕我們可以了解杜公心中，無時無刻，莫不對人世懷著深深的悲憫。

　　然而，這種悲感不僅僅是「一飯未嘗忘君」的倫理性，在心理上，更具生命超絕的意識。杜甫從生存的苦難中，生理的病痛，時代社會的紊亂中，十足嚐盡了挫折（關於杜公之挫折我將在第三章仔細討論），這種挫折對有血有肉的人，是極大的不幸與考驗，而杜甫却在其中保有它對人類的「終極關懷」是入苦難而「悲智雙修」的心理歷鍊，這一個過程，西班牙哲人烏拉穆諾（Miguel de Unamuno）稱之爲「生命的悲劇意識（the tragic senss of life）」，「它包含著生命自身和宇宙的整幅概念，以及或多或少系統化的，或多或少有意識的整幅哲學。」〔註47〕而杜詩中所存在的這個悲劇意識，將使其在倫理性之外尚有心理功能——它能幫助我們在滔滔濁世間安身立命，修成獨立不朽的人格。

　　以上是杜詩之「沉鬱」中所透顯的第一要義——莊嚴的悲感。

二、深廣的憂思

　　悲感本身即是憂思，這裏所要強調的是「深廣」，前面說過「沉

〔註46〕見梁啓超〈情聖杜甫〉一文，收於《杜甫研究論文集》一輯，北平中華書局，頁8。
〔註47〕烏納穆諾《生命的悲劇意識》，遠景出版社，頁23。

鬱」的基本義旨是深沉厚積，而深廣即是深沉厚積之意。

安旗說杜之「沉鬱」是「憂憤深廣」，傅庚生認為是「深廣的憂國憂民之思」，柯劍枝則提出「反映現實的廣濶和深刻」〔註48〕，可見許多學者論杜詩之「沉鬱」都是在深廣上大作文章。胡雲翼在其《唐詩研究》中指出：「杜甫詩有兩方面的成功：（一）在生活內容的悲劇敘事詩。（二）有情感生命的新體律詩。」〔註49〕姑不論其敘事詩、新體律詩等類分，單就「生活內容」與「情感生命」來看，便是廣濶的內涵與深刻的思緒。因此，說杜詩之「沉鬱」。基本重心仍是在深廣上取義，這是毫無疑問的。

究竟要怎樣的「深」與「廣」，才夠得上「沉鬱」呢？

劉中和《杜詩研究》說：「從一『沉』字，可想其如浩瀚海洋所貯蓄之深；從一『鬱』字，可想其如崇山萬林所儲藏之富。」〔註50〕劉氏這種「沉鬱」說與我所定義之「沉鬱」有很大的出入，但就「深廣」的詮釋上，他這種形容確實生動鮮明極了。如浩瀚海洋，如崇山萬林，確可以表達出「極度的深廣」，但寓指的對象為何則未能有明確的落實點。在我看來，杜甫深廣的憂思有兩層，一指反映現實人情之千態，一指體驗生命苦難之萬狀。前者是社會性，後者是個體性的，套用胡雲翼的用辭，也就是「生活內容」上的憂憤深廣，與「情感生命」上的思緒深廣。

從三十餘歲杜甫在長安的這些年開始，鬱鬱不得志，生活窮困，已是他憂思深廣的起步，以後的烽火戰亂，生離死別，和千萬民眾的苦痛哀嚎，更戟刺他的心靈，促使他向更深更廣處挖掘。〈奉贈韋左丞丈二十二韻〉說：「致君堯舜上，再使風俗淳」、「殘杯與冷炙，到處潛悲辛」，是他早年的深廣憂思，〈自京赴奉先縣詠懷〉、〈北征詩〉以後，

〔註48〕 分見安旗〈沉鬱頓挫試解〉、傅庚生〈沉鬱的風格，閎美的詩篇〉，收於《杜甫研究論文集》三輯，北平中華書局，頁89、頁152。
柯劍枝〈論杜甫詩歌的藝術風格〉，見上書二輯，頁226。
〔註49〕 胡雲翼《唐詩研究》，商務印書館，頁67。
〔註50〕 劉中和《杜詩研究》，益智書局，頁16。

「窮年憂黎元，歎息腸內熱」、「乾坤含瘡痍，憂虞何時畢」，則是他更廣更深的憂思。就社會性來說：「孟冬十郡良家子，血作陳陶澤中水，野曠天清無戰聲，四萬義軍同日死。」（〈悲陳陶〉）對於房琯這樣驅民猝鬥，血水成河的決定，杜甫漢懷歎惋，悲痛之情難以言宣。「少陵野老吞聲哭，春日潛行曲江曲，江頭宮殿鎖千門，細柳新蒲爲誰綠。」（〈哀江頭〉）這又充份流露出黍離故宮的悲情。「肥男有母送，瘦男獨伶俜，白水暮東流，青山猶哭聲。」（〈新安吏〉）寫丁男征役，有母無母，一齊俱哭，運白水青山於筆下，嗚咽之情綿汎不盡。「吏呼一何怒，婦啼一何苦」（〈石壕吏〉），這樣生動的表擬，省去千言萬語，却深蘊著杜甫對整個時代百姓的悲憫。對於這樣一個悲慘離亂的社會，杜甫「萬事俱關心」，「竊比稷與契」，他投入之深，關心之廣，感慨之切，都超乎單純個人之外。他詠國家、詠社會、詠歷史、詠百姓，隨處挾著這股深廣渾厚的悲鬱，震憾到讀者的心靈來。杜甫不僅是個詩人，他比偉大的慈善家、社會工作者、政治家等，都更有過之。他責無旁貨地面對整個時代的憂苦，同百姓一起恐懼、悲喜、呻吟、哭泣，滙集成爲深廣憂憤的內涵。昔人只稱他善以人事爲詩，手法獨到，有史家識力，譽爲「詩史」，這是不夠的，杜甫較一個忠實的史家更具深廣的同情心，壯濶的悲憫襟懷，這點尤較「詩史」重要！

　　杜詩中除了社會性的憂思外，在個體心靈的奮鬥過程中，心靈世界之深廣與社會性的憂思是一體的兩面。在杜詩中，我們可以看到一顆熾熱的心靈，在窮愁困厄中枯寂，隨時間人事起伏而有絕望、有希望，更迭的心靈變化，與坎壈的人生歷程結合爲一，重大的困挫加深他的體驗、拓植他的境界，使他在詩中除了表現憂心社會的深廣性外，更透顯出個體心靈空間的深廣性。中國幾千年的詩史上，大概沒有人比得上杜甫心靈上這種深廣的憂苦。屈子雖形容枯槁，披髮行吟，生命負荷沉重，但却壯毀投江，自沉以求解脫。比起來，杜甫之憂苦更見長期性的，無盡的折磨。黃國彬《中國三大詩人新論》中分析：「遇到生命和社會的問題，陶潛會一笑置之，因爲他『少

無適俗韻』(〈歸園田居〉);李白會『明朝散髮弄扁舟』(〈宣州謝朓
樓餞別校書叔雲〉);『中歲頗好道,晚家南山陲』(〈終南別業〉)、『晚
年惟好靜,萬事不關心』(〈酬張少府〉)的王維,『樂天知命我無憂』
(〈次韻答邪直子由四首之二〉),『養氣如養兒,某官如棄泥』(〈贈
王仲素寺丞〉)的蘇軾,大概也不會介懷。這些詩人或心平氣和,或
迥出塵世,生命和社會的許多問題,不會給他們太大的困擾或打擊。」
〔註51〕從這裏,李白、陶潛、王維、蘇軾,都有其逃避與超脫的做
人能力,獨杜甫,九死未悔,堅毅地執守著生命的責任,因為這樣,
他個體的心靈更擴大加深,詩中透顯的憂思也更廣濶、深刻。在〈奉
贈韋左丞二十二韻〉詩他說:「自謂頗挺出,早登要路津。」何等的
壯懷自負。在〈北征〉詩說「拜辭詣闕下,怵惕久未出。」何等的
執著涵忍。到了〈同谷七歌〉,他一聲「嗚呼七歌兮悄終曲,仰視皇
天白日速」,他的悲傷與絕望真沉痛到極點。然而,儘管他歷受挫折
與絕望,到老死之前仍是「上請減兵甲,下請安井田。」(〈湘江宴
餞裴二公赴道州〉),一心仍關注著國事民生,執守自己早年登要路,
濟人倫的心願。他在窮途末路時,依然滿懷希望,所思由身家及社
會上每一個卑微的生命,我們豈能不為他心靈之憂苦與社會性憂思
之深廣而欽敬歎服呢?

　　宋祈《新唐書·杜甫傳》形容杜詩「渾涵汪茫,千彙萬狀。」
〔註52〕這句話真能表達出杜甫憂思之深廣。因為杜詩中有著豐富的
時代內涵,囊括了全民廣濶的聲息,蘊藏杜甫本身堅韌的生命力,
故而思緒滿溢,展現成千彙萬狀之姿,而杜詩之「沉鬱」也就是這
種深廣內涵之積壓加深,所展現的繾綣憂情。

三、含蓄的義蘊

　　「沉鬱」除具有莊嚴的悲感與深廣的憂思外,尚包括含蓄的義

〔註51〕黃國彬《中國三大詩人新論》,源流出版社,頁71。
〔註52〕宋祁《新唐書》本傳,鼎文書局,頁5736。

蘊。有莊嚴的悲感與憂思，如果言下叨咻，或崩迸傾訴，痛哭流涕，也就缺乏深刻的韻味，必出之迴環婉曲的義蘊，才能彌迴彌廣，彌曲彌深。

清劉載熙《藝概》曰：「杜詩高、大、深俱不可及，吐棄到人所不能吐棄爲高，涵茹到人所不能涵茹爲大，曲折到人所不能曲折爲深。」〔註53〕可見爲「曲折」方可謂之「深」，而曲折便是義蘊之含蓄，若有似無，或虛或實，深藏厚貯的情志在緩慢迂迴地吐露下，讓人從簡鍊的文字中體會深遠的旨趣，使原本已如山林大海般深廣的憂情按捺得更加深邃，這樣才有「沉鬱」之味。

《文心雕龍‧隱秀篇》說：「夫隱之爲體，義生文外，秘響旁通，伏采潛發。譬爻象之變互體，川瀆之韞珠玉也。」〔註54〕這種隱伏的文義能使人玩之無窮，味之不厭。白石道人說詩曰：「詩貴含蓄。東坡謂言有盡而意無窮者，天下之至言也。若句中無餘字，篇中無長語，非善久善者也。句中有餘味，篇中有餘意，善之善者也。」〔註55〕《詩人玉屑》也引漫齋語錄說：「詩人要含蓄不露，便是好處。古人說雄深雅健，此便是含蓄不露也。用意十分，下語三分，可幾風雅；下語六分，可追李杜；下語十分，晚唐之作也。用意要精深，下語要平易，此詩人所難。」〔註56〕可見詩之高格，以含蓄爲上，察察而言，終失其味。

杜詩中的含蓄手法，也是歷來詩家所推許的。陸時雍《詩鏡總論》說：「情語能以轉折爲含蓄者，唯杜陵居勝。」又說：「少陵七言律，蘊藉最深，有餘地，有餘情，情中有景，景外含情，一咏三諷，味之不盡。」〔註57〕少陵之含蓄倒不限於七律，我們從詩集中隨處撮取，皆可看到。如〈月夜〉夜云：「今夜鄜州月，閨中只獨看，遙憐小兒

〔註53〕劉載熙《藝概》卷二，廣文書局，頁6。
〔註54〕范文瀾《文心雕龍校注》，學海書局，頁632。
〔註55〕朱任生《詩論分類纂要》，商務印書館，頁350。
〔註56〕魏慶之《詩人玉屑》卷之十，商務印書館，頁171。
〔註57〕陸時雍《詩鏡總論》，收在《百種詩話類編》，藝文版，頁382。

女，未解憶長安。」明明是自己思念家人，偏從家人思己說起，還用
未解相憶的小兒女爲襯，詞旨含蓄婉切，令人玩味起來，愈覺其情苦。
又如〈秦州雜詩之二〉「清渭無情極，愁時獨向東。」當時杜甫遭亂
飄泊，西行入秦，正是「愁時」，但他不直敘已愁，而用渭水東流的
無情來反襯自己淒緊的心緒，這正是含蓄處。杜詩含蓄而最得深意的
一首詩要算是司馬溫公推許的〈春望〉了。溫公《續詩話》云：「古
人爲詩貴於意在言外，使人思而得之，故言之者無罪，聞之者足以戒
也。近世詩人惟子美最得詩人之體，如『國破山河在，城春草木深，
感得花濺淚，恨別鳥驚心。』山河在，明無餘物矣；草木深，明無人
矣。花鳥平時可娛之物，見之而泣，聞之而悲，則可知矣。」〔註58〕
像這樣強按一腔澎湃熱騰的心緒，出之迴護吞吐的語言，其情彌苦，
其思彌深，也就凝成「沉鬱」的風格。

　　然而，「沉鬱」雖具「含蓄」之質，却不等於「含蓄」，這是必須
特別說明的一點。清代的陳廷焯以「沉鬱」爲論詞的綱領，就是在這
點上產生偏歧。

　　陳廷焯《白雨齋詞話》說：「作詞之法，首貴沉鬱，沉者不浮，
鬱則不薄。」又說：「詩詞一理，然亦有不盡同者，詩之高境亦在沉
鬱，然或以古朴勝，或以冲淡勝，或以鉅麗勝，或以雄蒼勝，納沉鬱
於四者之中，固是化境，即不盡沉鬱，如五七言大篇，暢所欲言者，
亦別有可觀，若詞則舍沉鬱之外，更無以爲詞。」〔註59〕

　　這話看起來似是而非，總覺與杜甫之「沉鬱」實隔了一層，而陳
氏對杜甫却是推崇備至，以爲「杜陵之詩，包括萬有，空諸依傍，縱
橫博大，千變萬化之中，却極沉鬱頓挫。」言中彷彿深得杜詩三昧了。
直到看了他給「沉鬱」的詮解，才恍然大悟，原來陳氏誤「含蓄」爲
「沉鬱」，他說：「所謂沉鬱者，意在筆先，神餘言外，寫怨夫思婦之
懷，寓孽子孤臣之感，凡交情之冷淡，身世之飄零，皆可於一草一木

〔註58〕司馬溫公《續詩話》收在何文煥《歷代詩話》一，漢京版，頁277。
〔註59〕陳廷焯《白雨齋詞話》，河洛出版社，頁4。

發之，而發之又必若隱若現，欲露不露，反復纏綿，終不許一語道破。」〔註60〕所謂「意在筆先，神餘言外」、「欲露不露，反復纏綿」，不就是「含蓄」的手法？

事實上，杜詩之「沉鬱」實際是包含著「含蓄」的義蘊，也難怪陳氏會有此歧見，然而論杜之「沉鬱」除含蓄的意蘊外，却不能略其主要的特質——深廣的憂思與莊嚴的悲感。否則，不足以道盡「沉鬱」之內涵。

馬宗霍《文學概論》論性情之表現，特別指出二端，一爲「深厚」，一爲「節制」，所謂「節制」義即「含蓄」，他說節制「與深厚似相反而實相成者也。」〔註61〕而杜詩之「沉鬱」正是得「深廣」與「含蓄」之相成而愈顯得悲感瀰漫，直逼人心。

第四節　「頓挫」新解

在本章一、二節中，已於杜甫之自許與歷代詩家評論杜詩的言論中，約略歸納出「頓挫」之內涵。然而諸論分歧，有說作者懷抱、氣韻、有說語文命意、音韻、文詞、節奏、章法、文氣之轉換等等，即使杜甫本人，也只能推知其意旨在形容韻勢與詞氣之縱橫變化上。究竟「頓挫」之義界爲何，似仍欠缺一個系統的解釋。近人在論杜詩之「頓挫」時，專落在作品章法結構上立論，但如果就風格之範疇包涵作者生命與作品語文兩層面〔註62〕的角度來看，則界定「頓挫」之義界，也應從作者到作品作一體的透視。劉海峯《論文偶記》說：「凡行文多寡短長，抑揚高下，無一定之律，而有一定之妙，可以意會而不可以言傳。學者求神氣而得之於音節，求音節而得之於字句，則思過半矣。」〔註63〕曾國藩在〈家訓〉裏也說：「凡作詩最宜講究音調，

〔註60〕同上書，頁5。
〔註61〕馬宗霍《文學概論》，商務即書館，頁65。
〔註62〕請參閱論文第一章第二節風格內涵之再省思。
〔註63〕劉大櫆「論文偶記」，見《歷代文論選》下冊，本鐸出版社，頁137。

須熟讀古人佳篇，先以高聲朗誦，以昌其氣。」〔註64〕這兩段話都是寓作者氣韻於作品語文間的說法。因此我們可以說前人論杜甫懷抱之抑揚頓挫，其實也是指杜詩文字之抑揚頓挫，前人論杜詩音韻節奏上的頓挫變化，其實也是指杜甫本身氣韻上的頓挫變化，總之，作者之精神氣韻與作品之語文結構是一體兩面，很難截然劃分開來。朱先潛說：「我們根本否認情感思想和語言的關係是實質和形式的關係。」〔註65〕這句話便是將作者與作品視為文學藝術之一體的說法。《論衡》超奇篇也說：「有根株於下，有榮葉於上；有實核於內，有皮殼於外，文墨辭說，士之榮葉皮殼也。實誠在胸臆，文墨著竹帛，外內表裏，自相副稱。意奮而筆縱，故文見而實露也。」〔註66〕這種「外內表裏，自相副稱」的視點，也就是我析論「頓挫」的基本視點。因此，「頓挫」實兼作者精神氣韻與作品語文結構之變化而言。

　　然則，怎樣的變化，方謂之「頓挫」？

　　人之精神氣韻如川流之水，有時奔流翻滾，一洩千里，有時嫋娜涵洄，迂折舒緩，但隨不同的情感、心緒、環境、時間而變化。所謂「頓挫」即言稱流盪變化的人的精神氣韻與其所附存的語言文字之間交構展現的，有奔放，有迴折的內外形態。「頓」是收束、歇止、停蓄；「挫」抑轉、屈折、開宕，凡是有收束停蓄而後轉折流宕之勢者，便可謂之「頓挫」。書法上，用筆有先頓而後略提轉鋒之勢也叫「頓挫」，同理，文學上凡作者精神氣韻奔騰之際，有收吸、吐放，有按壓、騰躍的狀態，便可謂之「頓挫」，而這種精神「頓挫」變化的同時，作品上也必有義蘊之吞吐迴折，音韻之高昂低抑，節奏之馳驟緩慢，章法之縱橫捭闔等等，故杜詩之「頓挫」一方面指著杜甫本身精神氣韻之迴盪變化，一方面指杜詩內涵義蘊之轉折，語文結構之更迭等等。

〔註64〕曾國藩〈家訓〉見《曾文正公全集》第七冊，世界書局，頁3。
〔註65〕朱光潛《詩論》，正中書局，頁77。
〔註66〕王充《論衡》超奇篇，收於《兩漢魏晉南北朝文學批評資料彙編》，成文出版社，頁101。

古人論爲文之法，常有許多關係「頓挫」之言，如韓退之〈答李翊書〉云：

> 氣，水也。言，浮物也。水大，而物之浮者大小畢浮。氣之
> 與言猶是也，氣盛，則言之短長，與聲之高下皆宜。〔註67〕

劉海峯《論文偶記》云：「古人云：文以氣爲主，氣不可以不實；鼓氣以聲壯爲美，而氣不可以不息。此語甚好。」〔註68〕

《曾文正公日記》亦云：「爲文全在氣盛，欲氣盛，全在段落清。每段分束之際，似斷不斷，似咽非咽，似吞非吞，古人無限妙境，難以領取。每段張起之際，似承非承，似提非提，似突非突，似紓非紓，古人無限妙用，亦難領取。」〔註69〕

凡此論御氣行文之法者，常涉「頓挫」，「氣不可以不貫」、「不可以不息」、「似斷不斷」等等，即頓挫變化的技巧。杜甫善以古文法入詩〔註70〕，故作品多能變化多姿，頓挫有致，而其精神氣韻又深於才學，厚於情性，充盈飽滿，蔚然豐沛，是以吐納自如，承轉幻化，其精神與語文之頓挫皆能妙合無垠，與自然同工。我們可以進一步分就作者與作品雙向析論之。

一、頓挫與作者氣韻

文學中以氣韻爲論者始於曹丕，〈典論論文〉說：「文以氣爲主，氣之清濁有體，不可力強而致。」〔註71〕曹丕所之「氣」，指作者之稟性而言，與此處的精神氣韻有所不同，本處之精神氣韻是作者才性、情感、思想閱歷與生命力之綜合，既屬天稟，又經陶養，是劉勰所謂「才力居中，肇自血氣，氣以實志，志以定言。吐納英華，莫非

〔註67〕　韓愈〈答李翊書〉，見《歷代文論選》，木鐸出版社上冊，頁431。
〔註68〕　同註63。
〔註69〕　曾國藩《曾文正公日記》，同註64，頁59。
〔註70〕　後山陳無己詩話曰：「杜之詩法，韓之文法也」。見何文煥《歷代詩話》，漢京文化事業，頁303。
〔註71〕　曹丕〈典論論文〉，見《評注昭明文選》，學海出版社，頁989。

情性。」﹝註72﹞這一類，集「才力」、「血氣」、「情」、「志」所融匯而成的精神氣韻。這種氣韻除了天稟之清濁剛柔外，需經持養方能充盈不餒。孟子說：「其爲氣也，至大至剛，以直養而無害，則塞於天地之間。其爲氣也，配義與道，無是餒也。」﹝註73﹞孟子指出了持養方法以「直」與「配義與道」，如此氣韻才能「至大至剛」、「塞於天地之間。」蘇轍〈上樞密韓太尉書〉則云：「太史制行天下，周覽四海名山大川，與燕趙間豪俊交游，故其文疏蕩有奇氣。」﹝註74﹞說太史公周覽名山大川，與豪俊交游，是以識見遊歷來養氣﹝註75﹞。不管是修德性或增識見，氣韻需靠一番持養才能充盈於心，有了充盈壯盛之氣韻，下筆爲文時，才能或頓或挫，無施而不可。

杜甫一生歷受困厄，流離遷屣，拳拳忠愛，憂國憂民，在仁愛的本質與人世的閱歷上，德性識見皆已臻於上乘，因此其氣韻酣暢飽滿，隨物賦志，迴轉變化之間，已經到達陸機所謂「精騖八極，心遊萬仞」﹝註76﹞劉勰所謂「登山則情滿於山，觀海則意溢於海，我才之多少將與風雲而並驅矣」﹝註77﹞的地步。以他這種豐贍的氣韻，加上語文能力之學養，下筆自然就頓挫淋漓，無人可及了。

我們先選取幾首杜詩來看杜甫頓挫之氣韻：

〈奉贈韋左丞丈二十二韻〉是首縱橫轉折，感憤悲壯，曲盡其妙的五言長篇。起筆便以感慨議論，「紈絝不餓死，儒冠多誤身」，氣韻悲絕凝噎，總提全詩，「甫昔少年日」以下直抒胸襟，愈說愈勁，氣韻高張，至「致君堯舜上，再使風俗淳」則情緒漲到極點而陡然收束。「此意竟蕭條」一句，氣勢一轉，流宕直降，幽迴低抑，末了則於「東

﹝註72﹞ 劉勰《文心雕龍・體性篇》，范文瀾注本，學海書局，頁505。
﹝註73﹞ 《孟子・公孫丑上》，藝文印書館十三經注疏本，頁54。
﹝註74﹞ 蘇轍「上樞密韓太尉書」，見《蘇東坡全集》，河洛圖書公司，頁351。
﹝註75﹞ 見羅根澤《中國文學批評史》「兩漢文學批評」第六章，學海出版社，頁129。
﹝註76﹞ 陸機〈文賦〉，見《評注昭明文選》卷四，學海出版社，頁329。
﹝註77﹞ 劉勰《文心雕龍》卷六神思篇，學海出版社，頁494。

入海」與「報一飯」的去留之間，更一翻騰轉折，留下繾綣情韻。仇兆鰲註此詩說：「他人幾於力竭，公獨滔滔滾滾，意思不窮。」〔註78〕可見杜公在創作此詩時，氣韻盈胸，幾經層折，仍能餘力游動，毫不衰竭。

〈北征〉也是杜集中的長篇，其氣韻盈足，不減前詩。這首詩從北征問家敘起，在「拜辭詣闕」與「怵惕久未出」之間已見情韻迴環，欲去不忍，既行猶思，極盡頓挫之能事。「靡靡踰阡陌」以下歷敘征途所見，有可傷者，有可喜者，有可畏者，有可痛者，混然元化，層次更迭。歸家以後，「老夫情懷思」忽又「瘦妻面復光」，乍悲乍喜，情感的轉折生動鮮活，激盪人心，杜甫繼而又推開家室團聚之悲喜，轉入「至尊尚蒙塵」，極逞韻勢，歷敘「慘澹隨回紇」、「皇綱未宜絕」種種，回應起段去留的心緒，最後並開以希望──「煌煌太宗業，樹立甚宏達」。整首詩氣韻高妙，於潦倒困頓間猶能忽正忽反，時斷時續，一波之外更推出一波。這不僅僅是章法的變化，更是作者氣韻上淋漓的變化。《峴傭說詩》曰：「〈奉先詠懷〉及〈北征〉是兩篇有韻古文，後人無此才氣，無此學問，無此境遇，無此襟抱，不能作。然細繹其中陽開陰合，波瀾頓挫，殊足增長筆力，百回讀之，隨有所得。」〔註79〕這便是「頓挫」根於作者氣韻，化爲語文變化的有力說明。

不僅以上兩篇五古長作，在七古或律絕各體詩中，我們都可以看到杜公胸中盈滿壯盛的氣韻，源源汩汩，在語文間綻放、收蓄，開闔有致。例如：方東樹評〈因許八奉寄江寧閔上人〉曰：「眞意貫注一氣，曲折頓挫，乃無直率死句。」〔註80〕評〈九日〉曰：「一氣轉折，遒勁頓挫。」〔註81〕此外〈銅缾〉、〈送司馬入京〉、〈幽人〉、〈送李八校書赴杜相公幕〉……等等，有長篇，有短作，都是眞意貫注，氣韻

〔註78〕仇兆鰲《杜詩詳注》，漢京文化事業，頁77。
〔註79〕施補華《峴傭說詩》，見《百種詩話類編》，藝文版，頁423。
〔註80〕方東樹《評今體詩鈔》，聯經文化事業公司，頁208。
〔註81〕同上書，頁222。

流轉的詩篇。杜詩中不僅通篇具氣韻起伏，即使一句中，也能看到作者情韻的幾層轉折，如〈奉陪鄭駙馬韋曲二首之一〉說：「韋曲花無賴，家家惱殺人。」、「無賴」、「惱殺人」，本可憎却轉而覺可喜。說「石角鈎衣破，藤梢刺眼新」，却又說「何時占叢竹」、「頭戴小烏巾」，一邊瞋怒春景無奈，一邊又喜孜孜地盼望歸隱尋春幽，而「白髮好禁春」一句中「白髮」與「春」，直成極大的頓挫。像這樣，一句中有轉折，通首中有變化的氣韻，正是杜詩絕妙處。無怪乎王嗣奭禁不住讚歎此詩「說得抑揚頓挫，極生動之至。」〔註82〕

　　杜甫是個生命力強韌的人，以他壯年即已衰疾纏綿的身子，能跟痺病、頭風、瘧疾、肺病、耳聾等種種病魔纏鬥掙扎了半世紀，還要「飢走半九州」，歷受烽火摧殘，這種韌力絕非尋常人所能，而屢受困頓的杜公，猶能執守理想，仁民愛物，與天地同悲，其氣韻之盈滿與持久洋溢，是不言可喻的。王安石〈杜甫畫像〉詩云：「吾觀少陵詩，爲與元氣侔，力能排天斡九地，壯顏毅色不可求，浩蕩八極中，生物豈不稠，醜妍巨細千萬殊，意莫見以何雕鎪。」〔註83〕張戒《歲寒堂詩話》說：「意氣有不可及者，杜子美是也。」〔註84〕這些言論都是盛讚杜公充足之氣韻。方東樹《昭昧詹言》曰：「杜公包括宇宙，含茹古今，全是元氣，迥如江河之挾眾流水朝宗於海矣。」〔註85〕這樣用「宇宙」、「古今」、「江河宗海」等浩然磅礴之詞來形容杜甫的氣韻，一點也不爲過。莊子有謂「水之廣也不厚，則其載舟也無力，風之積也不厚，則其載翼也無力。」杜詩能「頓挫」有力，全因在氣韻上積貯之廣之厚的緣故。

二、頓挫與作者技巧

　　作者精神氣韻是抽象無形的，讀者只能以意逆志，於語文結構的

〔註82〕王嗣奭《杜臆》，中華書局，頁68。
〔註83〕王安石《杜甫畫像》見《杜甫卷》，源流出版社，頁80。
〔註84〕張戒《歲寒堂詩話》，收於丁仲祜《續歷代詩話》，藝文印書館。
〔註85〕方東樹《昭昧詹言》卷八，廣文書局，頁1。

字裡行間去尋求，其頓挫變化常要靠讀者之精神氣韻與之遇合，隨之流轉，才能領略，而作品結構之頓挫則較具體可見，能利用音韻、用字、語法、段落、章節來分析，但看讀者條析語言，尋繹文字的能力能否鞭僻入微，詳盡其妙了。在整個文學的風格中，深者能識作者精神氣韻，淺者及於文勢義蘊，再粗淺者則止於語文用字，而精神氣韻正需資借後二者而識之。我們了解杜甫頓挫的精神氣韻，再來看杜詩頓挫的語文結構，便能由軸入輻，得其全輪。

　杜詩語文上頓挫的手法變化多姿，有戛然而止斬截有力者，有停蓄之後開展排蕩者，有文中更迭翻騰者，一提一頓，一開一闔，忽正忽反，忽大忽小，有回應關照，有截止分段，其姿態之多，變化之妙，無以勝論，杜公的筆力可謂「精微穿溟涬，飛動摧霹靂」、「毫髮無遺憾，波瀾獨老成」〔註86〕宋魯訔在《編次杜工部詩序》曰：「若其意律，乃得之六經，神會意得，隨人所到，不敢易而言之。」〔註87〕我們在說明杜詩語文結構的頓挫變化時，實在只能見豹一斑，略誌其美而已。

　一般欣賞杜詩語文之頓挫常就音韻節奏、章法用字及文意轉折等等來看。先說音韻節奏，頓挫跟聲音之抑揚、長短、平仄有關，如何用韻、使音，將或多或少影響到詩的節奏。朱光潛在〈中國詩的節奏與聲韻的分析〉中提到：「音組裏，每音的長短高低輕重都可以隨文義語氣而有伸縮。」〔註88〕換言之，當作者情感激盪，氣韻流轉，下筆時，所用的語文也隨之而有音韻節奏之長短、高低、輕重的變化。中國語文中有「句」有「讀」，一句中又有幾處「頓」留，這些「句」、「讀」、「頓」的變化，正是「頓挫」所在處。《師友詩傳續錄》有段問答，便以音節解「頓挫」之一端，曰：「所云以音節為頓挫者，此為第三第五等句而言耳，蓋字有抑有揚，如平仄為揚，

〔註86〕分見杜甫〈夜聽許十一誦詩愛而有作〉及〈敬贈諫議十韻〉二詩。
〔註87〕魯訔《杜工部詩年譜》，商務印書館，頁2。
〔註88〕朱光潛《詩論》，正中書局，頁153。

入聲爲抑，去聲爲揚，上聲爲抑。凡單句住脚字，必錯綜用之，方有音節。如以入聲爲韻，第三句或用平聲、第五句或用上聲，第七句或用去聲，大約用平聲者多，然亦不可泥，須相其音節變換用之。」〔註89〕此說只是音節頓挫的一種方式，其他如古詩中有長短不齊之句，一句中有「一一四」、「二一一一二」、「二一二一一二」、「二一一四」、「四一一」、「一一三一一」等等詞語字數變化多樣的句式，用韻時隨內容章法換韻，平仄互用入韻，全平全仄的句子，拗而不救的句子等等，都是隨著引氣長短，情感起伏而變化的「頓挫」之風。李鍈《詩法易簡錄》評〈麗人行〉說：「此詩就中雲幕句必須用韻者，承上二聯兩五字句排宕之勢而頓挫之也。」〔註90〕《杜臆》評〈天育驃騎歌〉說：「束語換韻，激昂頓挫。」〔註91〕可見杜詩之頓挫與音韻相關。

汪師韓《詩學纂聞》曰：「詩以聲爲用者也，其微妙在抑揚抗墜之間，讀者靜氣按節，密詠恬吟，覺前人聲中難寫，響外別傳之妙，一齊俱出。」〔註92〕我們想要領會杜詩音韻頓挫之美，必須如朱子所云「諷詠以昌之，涵濡以體之」，才能讀出其趣味來。

在用字上，杜詩能以虛字行氣，能將實字虛用，能用雙字（疊字）變化義韻，鍊實字點眼等等，也都能造成頓挫之妙。范晞文《對牀夜語》說：「五言律詩，固要貼妥，然貼妥太過，必流於衰，苟時能出奇於第三字中下一拗字，則貼中隱然有峻直之風。」范氏指出杜詩中有爲實字而拗也，有用虛字而拗也，「其他變態不一，却在臨時幹旋之何如耳」。又說：「虛活字極難下，虛死字尤不易，蓋雖是死字欲使之活，此所以爲難，老杜『古牆猶竹色，虛閣自松聲』，及『江山有巴蜀，棟宇自齊梁』，人到於今誦之，予近讀其瞿塘兩崖詩云『入天

〔註89〕《師友詩傳續錄》記劉大勤與王士禎師生之問答，收於丁福保《清詩話》，明倫出版社，頁152。
〔註90〕李鍈《詩法易簡錄》，蘭台書局，頁69。
〔註91〕王嗣奭《杜臆》，中華書局，頁37。
〔註92〕汪師韓《詩學纂聞》，見《清詩話》，明倫出版社，頁437。

猶石色，穿水忽雲根』，『猶』、『忽』二字如浮雲羞風，閃爍無定，誰
能跡其妙處，他如『江山且相見，戎馬未安居』『故國猶兵馬，他鄉
亦鼓鼙』『地偏初衣袷，山擁更登危』『詩書遂牆壁，奴僕且旌旄』皆
用力於一字。」〔註93〕從這些舉證，我們可以看出杜公鍊字之工，著
力之勁，以一字爲頓挫，或承或轉，變板俗爲峻切，神妙不可以亦求。

　　此外杜詩之章法更爲人所盛論，有層層遞進者，有迂迴轉折者，
有縱橫開闔者，複雜多樣，與他其他流暢明快，或單純平順的結構有
所不同。例如〈耳聾〉一詩，吳瞻泰評之曰：「八句詩前後幾番層折，
幾番頓挫，絕似一篇大文章。」〔註94〕〈秋日夔府詠懷奉寄鄭監審李
賓客之芳〉，楊倫評曰：「其中起伏轉折，頓挫承遞，若斷若續，乍離
乍合，波瀾層疊，無絲毫痕跡，眞絕作也。」〔註95〕這都是從章法上
來欣賞杜詩「頓挫」之妙。施補華《峴傭說詩》曰：「長篇必有分段
落，每段必用提頓以見起，用結束以見止，提頓結束，有明有暗，有
重有輕，段落有長有短，參差錯落，以救方板，少陵無法不備，學者
可以細揣摩也。」〔註96〕杜詩章法上頓挫之妙已經如易經所云「風行
水上，渙」，是一種行於所當行，止於所當止，隨氣韻流宕變化的天
然文彩。〈前後出塞〉〈北征〉〈三吏三別〉〈述懷〉〈子規〉〈登樓〉〈閣
夜〉〈茅屋爲秋風所破歌〉〈風疾舟中書懷〉……等等，其手法或虛或
實，或順或逆，有倒挽，有橫插，有分敍，有回應，殊爲可觀。

　　林紓《春覺樓論文》論〈頓筆〉曰：「凡讀大家之文，不但學其
行氣，須學其行氣時有止息處。」、「文之用頓筆即所以息養其行氣之
力。」〔註97〕我們讀杜詩，亦需於其氣韻流轉與語文幻化中，學其行
氣，方能識其「頓挫」之妙。氣韻有頓挫，則精神丕灑，語文有頓挫，
則豐富多姿，情感有頓挫則深厚有味，音韻有頓挫則鏗鏘悅耳。杜詩

〔註93〕范晞文《對牀夜語》，收於丁仲祜《續歷代詩話》，藝文版。
〔註94〕吳瞻泰《杜詩提要》，卷十，大通書局，頁549。
〔註95〕楊倫《杜詩鏡銓》，華正書局，頁1122。
〔註96〕施補華《峴傭說詩》見《百種詩話類編》藝文版，頁429。
〔註97〕林紓《春覺樓論文》，引自周振甫《詩詞例話》，長安出版社，頁205。

之頓挫，萬法具存，精神與筆力隨人隨時之不同領會，而顯得歷久彌新，這是中國詩學上最豐富的寶藏。

第五節　「沉鬱」與「頓挫」的關係

從上兩節的分析，我們可以了解「沉鬱」以莊嚴的悲感，深廣的憂思為主，而出之以含蓄的手法；「頓挫」以語勢的跌宕，結構的變化為主，而根植於作者的情韻氣勢。一個重在內在的生命情態，一個重在外在的語文姿貌，兩者可分而不可分，不可分而可分，有其微妙的關連。究竟「沉鬱」與「頓挫」有何關係？歷來評論杜詩者又為什麼將「沉鬱」與「頓挫」連用來表達杜甫獨特的風格？這是本節將探索的問題。

理論上「沉鬱」與「頓挫」的風格，兩者間各有壁壘，並非疊合統一，也非分離不相連屬。因為「沉鬱」和「頓挫」在義界上都是交跨作者才性生命與作品語文藝術兩大範疇。當一個作家胸中情意滿溢，氣韻翻騰，下筆縱橫生姿時，便形成「頓挫」的風格，而這情韻如屬悲感憂思，則兼有「沉鬱」之質。達到「沉鬱」，可能兼有「頓挫」，僅僅「頓挫」却未必臻於「沉鬱」。「沉鬱」所具有的悲感憂思在「頓挫」中不一定具有；「頓挫」所具有的語勢變化，必然涵蓋「沉鬱」資以表達的含蓄手法。因為「含蓄」指曲吐不直露，也許反言見意，也許側筆烘托、象外見意，如司空圖所謂「不著一字，盡得風流。」〔註98〕者，這種語勢變化存在頓挫的技巧之中，所以「沉鬱」可兼有「頓挫」，「頓挫」却未必「沉鬱」。更具體的說，即凡是「沉鬱」之詩必具「頓挫」，而「頓挫」之詩則未必有「沉鬱」之質。這種微妙的關係，我們需資借杜詩實質來探析。

杜詩中「沉鬱」與「頓挫」幾乎是交織著出現，但也有部份作品

〔註98〕見張師夢機《鷗波詩話》中〈傳統詩的側筆運用〉一文，漢光文化事業，頁15。

有「頓挫」之風而未必「沉鬱」者，例如〈贈花卿〉：

　　錦城絲管日紛紛，半入江風半入雲，

　　此曲祇應天上有，人間能得幾回聞。

這首詩起筆便寫清絲流管，紛紛謳舞，用「入江風」、「入雲」來極言其聲音之清悠與高揚，寫得華麗高雅，末了翻騰一問，「人間能得幾回聞」，含蓄不露，譏諷訓戒，盡在不言之中。仇兆鰲《杜詩詳注》說：「此詩風華流麗、頓挫抑揚，雖太白、少伯，無以過之。」〔註99〕這種反言見意的手法，具「頓挫」的效果而文義止於譏刺，未見悲情之深，算不上「沉鬱」。又如〈能畫〉：

　　能畫毛延壽，投壺郭舍人。

　　每蒙天一笑，復似物皆春。

　　政化平如水，皇明斷若神。

　　時時用抵戲，亦未雜風塵。

這首詩看似平平，隨口讀過，往往不能解，若細尋義蘊，便可發現前四句正是一截，從「政化平如水」轉入諷詠。能畫與投壺本是一時適意之事，倘明皇平政威斷，即使時時用抵戲，亦何至於風塵雜起？可惜「明皇」不然，而致百姓流離，朝廷播遠，其不「平」、不「斷」都在頓宕中流出。整首詩的節奏前半平暢，後半轉折。吳瞻泰《杜詩提要》說此詩「後半頓挫」，「五六翻出波瀾」〔註100〕。半腰一頓，以下所挫展開來的文勢，頗得詩人離合之神，是一首「頓挫」而未必「沉鬱」的詩。再如〈題張氏隱居二首之一〉：

　　春山無伴獨相求，伐木丁丁山更幽。

　　澗道餘寒歷冰雪，石門斜日到林丘。

　　不貪夜識金銀氣，遠害朝看麋鹿遊。

　　乘興杳然迷出處，對君疑是泛虛舟。

這首七律情韻渾然超化，無一沈滯凝壓的悲情，不能稱之「沉鬱」，但章法上頓挫開闔，一咏三諷，令人味之不盡。前四句言景，後四句

<hr />

〔註99〕見仇兆鰲《杜詩詳註》，漢京文化事業，頁846。

〔註100〕吳瞻泰《杜詩提要》，大通書局，頁499。

言情，大處有截段，而細處又有脈絡。前四句中，首句張氏，次句隱居，點題而出，兩路承敘，三四切隱居，五六切張氏，末以賓（張氏）主（杜甫）兩忘，情景俱化為結，蘊藉而有韻味。王世貞論少陵七律曰：「大要貴有照應，有開闔，有關鍵，有頓挫，其意主比興，其法有正插，有倒插。」〔註101〕這首七律便是如此，章法上能頓挫變化而不失其正，是興詣與神氣完合使然。其他如〈奉先劉少府新畫山水障歌〉〈短歌行贈王郎司直〉〈白小〉〈奉陪鄭駙馬韋曲二首之一〉〈入奏行贈西山檢察使竇侍御〉〈送竇九歸成都〉〈城西陂泛舟〉……等等，都是具有「頓挫」之風而無「沉鬱」之質的詩。

然而，杜詩真正的成就，也是杜集中出現忒多的，則是那些「沉鬱」與「頓挫」兼得的作品。這類詩作，悲情滿溢，憂思含蘊，筆力迴騰，文字曼妙多姿，是內容與形式皆臻上乘之作，我們先擇幾首來欣賞其「沉鬱」與「頓挫」間的關係。

> 漠漠舊京遠，遲遲歸路賒。
> 殘年停水國，落日對春華。
> 樹密早蜂亂，江泥輕燕斜。
> 賈生骨已朽，悽惻近長沙。（〈入喬口〉）

此詩寫覉旅窮愁之感，神情交合冥冥，使用的筆法亦迴環應扣。黃生《杜工部詩說》曰：「一、二，步步入南，心心懷北，寫出此行萬非得已。三足四，四起下，五六又倒承三四，結句見地，應轉起語，如見神色慘沮之意。」〔註102〕吳瞻泰《杜詩提要》亦云：「第三句方入題，而四即從三抽出，五六即從四抽出，對仗生動，承接變換，簇簇出新，煞句入長沙之情，憑弔賈生，則不復返舊京，反言見意，而又以蜂亂燕斜，有欣欣向榮之樂，興已悽惻喬口，亦反言見意，真所謂沉鬱頓挫。」〔註103〕在這種種轉折頓挫的變化中，情感按壓得更深

〔註101〕王世貞《藝苑卮言》卷七，收於清丁仲祜《續歷代詩話》4，藝文印書館版。
〔註102〕黃生《杜工部詩說》，中文出版社，頁296。
〔註103〕吳瞻泰《杜詩提要》，大通書局，頁498。

更廣，也就呈現出一片沉鬱的悲情來。

> 風急天高猿嘯哀，渚清沙白鳥飛迴；
> 無邊落木蕭蕭下，不盡長江滾滾來；
> 萬里悲秋常作客，百年多病獨登臺；
> 艱難苦恨繁霜鬢，潦倒新亭獨酒杯。（〈登高〉）

這首詩在氣韻抽噎凝放間，波瀾瀲灩，姿態橫生。上四句寫登高所見之景，下四句寫登高感觸之情，一意貫串，飛揚震動，雖然通首作對詩，但韻勢流利，若無意著對者，且末聯能以微軟的氣韻收結，對前六句峭快峻走之勢作了很切合的停蓄。胡應麟說：「只如此軟冷收之，而無限悲涼之意溢於言外。」〔註104〕此這種頓蓄，對情感的積存產生很大的容量。林紓《春覺樓論文》談到「用頓筆」說：「文之神妙者，於頓筆之下並不說明，而大意已包籠於一頓之中。」〔註105〕便是指著這種積存的餘韻。此詩中對起對結間，又意蘊複雜，層層更迭，不但波瀾壯潤，情韻也激盪得更為深沉莫測。單單看腹聯十四字，情韻便有好幾層轉折。羅大經指出這十四字有八層涵意：「萬里，地之遠也；秋，時之悽慘也；作客，羈旅也；常作客，久旅也；百年，歲暮也；多病，衰疾也；台，高迴處也；獨登台，無親朋也。」（《鶴林玉露》卷十一）陳文華再分析為九層涵意：「他鄉作客，一可悲；經常作客，二可悲；萬里作客，三可悲；又當蕭瑟之秋日，四可悲；當此重九佳日，別無可樂之事，唯有登台望鄉，五可悲；親朋凋謝，獨自登台，六可悲；扶病登台，七可悲；所抱之病又屬經常性及多樣性的，八可悲；光陰可貴，人生不過百年，如今年過半百，卻落得這般光景，九可悲。」〔註106〕這樣層層堆疊，而文字簡潔，融塑「萬里」與「百年」的時空意象於「登高」這一刻，其「頓挫」與「沉鬱」都精鍊到極點。

〔註104〕胡應麟《詩藪》，廣文書局，頁291。
〔註105〕林紓《春覺樓論文》，引自周振甫《詩詞例話》，長安出版社，頁205。
〔註106〕陳文華《不廢江河萬古流》，偉文書局，頁80。

　　〈哀江頭〉也是首既「頓挫」有致，又婉約「沉鬱」的詩：

　　少陵野老吞聲哭，春日潛行曲江曲。
　　江頭宮殿鎖千門，細柳新蒲爲誰綠。
　　憶昔霓旌下南苑，苑中萬物生顏色。
　　昭陽殿裏第一人，同輦隨君侍君側。
　　輦前才人帶弓箭，白馬嚼齧黃金勒。
　　翻身向天仰射雲，一笑正墜雙飛翼。
　　明眸皓齒今何在，血污游魂歸不得。
　　清渭東流劍閣深，去住彼此無消息。
　　人生有情淚霑臆，江水江花豈終極。
　　黃昏胡騎塵滿城，欲往城南忘南北。

此詩一開筆便用「少陵野老」，「野老」之意，含蘊多少無奈，「吞聲
哭」突兀而來，先凝主一片悲憤哀情，以下正寫、側寫，有宮殿深鎖
的蕭條，有蒲柳無情的嫩綠，有白馬、金勒的宴樂盛事，有佳人一笑，
有遊魂血污。幾番映襯，層層激宕，泛出無限波瀾，情感承一哭字而
下，迴折得更加深廣。末聯用「忘南北」收結，顯出心迷目亂之情。
張師夢機說：「這二句以客觀事實反襯內心的迷惑瞀亂，使詩人愛國
憂君的情緒在這十四字中鬱鬱勃勃的流出，收到了『不著一字，盡得
風流』的含蓄效果。」〔註107〕這樣的吞咽、迴折、映襯、激宕，不
但頓挫生姿，深鎖的黍離之悲，也乍顯乍隱，凝鍊得更爲深刻感人。
難怪吳瞻泰歎曰：「如此用筆始當得沉鬱頓挫四字。」〔註108〕

　　從這幾首詩，我們可以了解，悲情沒有頓挫的烘托推助，不足爲
「沉鬱」，「沉鬱」之風實需借「頓挫」之法融成之。而「頓挫」本在
滋長詩之韻味，添助語文姿態，倒不必盡爲悲情。一般人講「沉鬱」
與頓挫都混而爲一，要不就是截然分開，以「沉鬱」單指憂思之
醞貯深厚，頓挫單指技巧之變化安排。不管是混爲一體，或截爲二端，
都不是合理的義界。但由於杜詩中「沉鬱」與「頓挫」之風大部份都

〔註107〕同註98之書，〈沉鬱頓挫－析杜詩「哀江頭」〉一文，頁9。
〔註108〕吳瞻泰《杜詩提要》，大通書局，頁284。

融合爲一，交織出現，並臻於極高的成就，故後人就混爲一談，未加辨識，或者辨而不清，義界不明。

　　杜甫之所以讓後人誤「沉鬱」與「頓挫」爲一體之兩面的原因，全因他在人格修養上，體悟深刻，智慧沉著，在詩歌造詣上，兼融前人技巧，勤習創新，因此創作時，精神騰躍，深情萬端，有著天理人事交會，家情國難糾結的「沉鬱」之姿，也有著「有往必收，無垂不縮」，隨意開闔，橫生逆接的「頓挫」之風，兩者交融兼得，讓人看不透其間的分際。杜集中〈前後出塞〉、〈秋興八首〉、〈詠懷古跡〉、〈三吏三別〉、〈聞官軍收河南河北〉、〈同谷七歌〉、〈蜀相〉、〈述懷〉、〈幽人〉、〈病柏〉……等等。大部份膾炙人口的詩，都是這類「沉鬱」與「頓挫」兼得的作品。歷來論杜者，將「沉鬱頓挫」連用來推評杜公，也正因由於他這種兼得的成就。

第三章　杜詩沉鬱頓挫之成因

　　風格之內涵包括作者才性生命與作品語文結構，這在首章「風格內涵之再省思」中已論及。然而語文結構之姿貌終究只是作者才性之賦顯，我們留待下章評析「沉鬱頓挫的藝術特質」時再討論，此處分析成因全就作者才性生命來看。因為作品語文姿貌固然能透顯風格，然而真正決定風格的因素卻在於作者的情性與學養。王師更生說：「作者先天才氣的不同，與後天學習的差異，便很容易造成不同的個性特徵。所以儘管同處一個時代，而彼此對於問題思考的方向，感情處理的手法，觀察所持之角度往往各不相侔，故單從內容形式兩方面（按：此即作品語文姿貌）去看文學創作，而抹煞了作者才氣與學習的因素，必如隔靴搔癢，抓不到是處。」〔註1〕所以此處我將從作品中「以意逆志」，從時代背景中「知人論世」，綜合出作者才性生命之特質，來看它之所以形成沉鬱頓挫的原因。而沉鬱之成因繫乎作者之情性、思想與挫折，故我用人格世界來分析它；頓挫之成因在於詩人精神氣韻的涵養、蘊蓄與展現，這是才、氣、學、習四者綜合的整體功夫，故我用詩人創作時所必具的這四種詩學造詣來分析它。問題是才氣學習等詩學造詣可以達到「頓挫」之風，同樣也可以導向「沉鬱」；而人格世界可以凝塑「沉鬱」之風，同樣也可以影響「頓挫」，兩者之

〔註1〕王更生《文心雕龍研究》，文史哲出版社，頁345。

間交融相互的關係，就如前章所述「沉鬱」與「頓挫」之疊合處一樣，無法截然二。杜甫在「學聖賢者之泥濘路」〔註2〕上，「立德」、「立功」之願難酬，「立言」便成了聊寄心志的唯一方法，故其人格世界與詩學造詣融合同軀，強分爲人格世界與詩學造詣全因「沉鬱」與「頓挫」在作者才性生命上各有所重的緣故。

第一節　杜詩沉鬱頓挫之成因

　　人的人格應包括天生稟賦之情性氣質，與後天環境、學養陶冶所成的思想精神。傳統先認爲：「人格的組織因素有生理上的成分和社會性的成分。從生理的因素和社會性的因素之間，發生種種交織的關係，這種關係乃產生了組織人格的因素——普通所謂『人格的特性』（Hwman traits）。」〔註3〕這是從物性之人與理性之人來看「人格」。唐君毅先生認爲：「各種人格中，有由人性之自然的表現開發，及社會文化之自然的陶養鑄造而形成之自然人格；亦有眞正能自作主宰之人格。」〔註4〕這是從人之意志與非意志的成因來看人格。西方心理學者弗洛姆（G.W. Allport 1897～1963）則以爲人格包括「所有象徵個人先天和後天的心理性質。這些性質使人獨一無二。」〔註5〕從這些「人格」觀點，都可以看出，人格是「人」與「人世」之交構，是先天與後天之綜合，我稱之爲「人格世界」即在擴充其涵蓋層面，突顯其立體組織的意象。

　　在杜甫天賦的情性與後天學養、思想所融塑的人格世界中，可以看出兩個明顯的特質：一、「學聖賢」之執著路向。二、「悲劇英雄」

〔註2〕　唐君毅《人生之體驗續編》，學生書局，頁58。
　　　　杜甫一生自許爲稷契中人，其心志在孔子聖教中執著不二，算是個「學聖賢者」。
〔註3〕　傅統先《哲學與人生》，天文出版社，頁84。
〔註4〕　唐君毅《人生之體驗續編》，學生書局，頁28。
〔註5〕　佛洛姆"Man for himself"陳秋坤譯，大地出版社，頁62。

之奮鬥質性。

　　上章「沉鬱」新解中，我們已分析出沉鬱有「莊嚴的悲感」與「深廣的憂思」等內涵。所謂「沉廣的憂思」是環繞聖人襟懷下的精神空間，唐君毅先生說：「人於其所感，能加以貫通，以至對其生活之全境，無不感而遂通，而其生活全部理性化者，則為聖人。」〔註6〕人於其所感之思，能對其生活全境做前後、內外、上下諸向度之澈入，澈入既深，心靈中的精神空間容量之大之廣也就形成其深度與強度。杜甫從天稟的仁愛本質出發，受家學儒術之陶養，融塑成「學聖賢」的心願，以後的人生中，歷受挫折，面對整個坎壈的生活環境，儘管曾寫下「儒冠多誤身」、「乾坤一腐儒」的話，但在其超卓的韌力與容量下，其內心之感通與執著，始終是朝向「聖賢」之路邁進。這種上躋聖人的人格特質使他的憂思更深更廣而強烈地透顯在文字裏層。

　　杜甫另一個人格特質類於「悲劇英雄」本色，但這絕不是說杜甫是「悲劇英雄」的一個典型，我只是借英雄奮鬥中之悲劇質性來說明杜甫為常人所不及的奮鬥力。運用這種從古希臘悲劇中抽取的「文學觀念」加以轉化、提昇、重新釐定，以涵蓋它所相應的作品特質的解釋方式，目的在呈露文學風格中深邃之內質。柯慶明先生曾在這種作法上有了具體的立論，他所重新釐定的「悲劇英雄」便是一種嘗試，我在這裡藉著他所釐定的英雄內涵來幫助我說明杜甫的人格。他說：

　　一、基本上他們都是「勇者」，雖然他們「不必死節」。從某種意義而言，似乎「不必死節」具有雙倍的剛勇：一方面它同於「死節」者的勇敢；另一方面它更在承受擔負世俗所加之榮辱下，具有一種無視世俗之榮辱而獨往直前的勇敢。

　　二、這些卓異的人除了心性堅強之外，更重要的是一種超越常人的精神能力。這種精神能力使他們在遭遇困難之際，並不為苦難所擊潰；反而能夠「發憤」而對古難有所「為作」。

―――――――――――――

〔註6〕唐君毅《生命存在於心靈境界》下冊，學生書局，頁991。

三、這一種承擔苦難，並在苦難中提昇的昇奮的精神與知覺能力，使他們在苦難之際，因「意有所鬱結，不得通其道」，而超越了個人自身利害的考慮，故「述往事，思來者」，獲得一種具有普遍性意義的「悲劇智慧」。

四、在人生的某些方面，不僅是為自己，同時也為世界尋得一些可資遵循的準則，所以他們才長久為人們所「稱焉」，因他們的苦難而獲得不可「磨滅」的「名」，終於達到了他們充分的自我完成。〔註7〕

這是柯先生透過〈報任少卿書〉所提鍊出的「悲劇英雄」本色，是一種「勇者──發憤──悲劇智慧──自我完成」的架構，藉著這個架構來分析杜甫符合於悲劇質性的成分，便可發現：杜甫從情性之仁愛、剛毅出發，歷時代、生理諸挫折而堅忍不拔，始終執著聖人思想，這種歷程便需「雙倍的剛勇」、「超越常人的精神能力」等等，從這個角度來看，杜甫十足是個剛勇的英雄，他苦難的一生便是英雄奮鬥的進程，這種進程使杜甫的精神空間更為充盈，而有足夠的「餘情」〔註8〕發為憂思、悲感，而形成「沉鬱」之內質。

悲劇英雄是執著理想的奮鬥者，是災難與痛苦下頑抗不休的靈魂。杜甫心靈上有著這種歷程，故而詩中充滿濃厚的悲情；而杜甫的理想在於聖賢之修持，與「致君堯舜上，再使風俗淳」的理念，這又是一種聖人「絕對忘我，而體現一無限」〔註9〕的精神狀態下，其憂思更為深廣無極。綜合這兩者，鑄成杜詩人無人可以並譽的「沉鬱」。

〔註7〕柯慶明《境界的探求》〈論悲劇英雄〉一文，聯經出版事業有限公司，頁43。
〔註8〕唐君毅先生說：「餘情者，非剩餘之情，乃充餘之情，即多餘之情。此多餘之情，皆恆由行為之無可奈何處，人面對其行為與境物之外之無限而生發，亦恆順人之追念，回憶與想像所及之遙遠事物，非人之行為之所及者而生發。」見先生《生命存在於心靈境界》一書，學生書局，頁939。
〔註9〕唐君毅《人文精神之重建》一書中〈孔子與人格世界〉一文，學生書局，頁225。

而杜甫這種「仁聖」、「奮鬥」的人格世界，我們可從情性、思想、挫折三方面來探視。

一、情性為酋領

　　人格世界的形成，是以情性為首，思想為輔，情性所趨，能聚學養，成思想，而又以挫折為礪石，淬勵成熟之。因此，分析杜甫的人格世界當以情性為先。

　　告子曰：「生之謂性。」〔註10〕而中庸亦曰：「天命之謂性」〔註11〕「性」可以說是人的天稟之質。在孟子的性善論中，人性有仁義禮智四端，此四端發而為「惻隱」、「善惡」、「辭讓」、「是非」之情。〔註12〕性見於情，情發於性，情性互用是天賦之能，是與生俱來的本質，然而後天的學養會改變某些本質，這是加入「思想」、「挫折」等因素的結果。弗洛姆格在基本上是由個人的經驗所形成的，特別是早期的生活經驗，它可以因領悟或新的經驗而改變。」〔註13〕而中國先哲論性中之所以有「性善」、「性惡」、「無善無惡」、「善惡混」等種種差異，即因於情性之先天後天之間，視點難以統一所致。馬宗霍說：「性雖與生俱生，然孟子稱性善，荀子稱性惡，揚子稱性之善惡混，則是同性之說已難為定，至於情則由感而生，尤不能之齊一，非特人與人異，即一人之身，前後亦不能無殊。」〔註14〕所以，想要在情性的範疇中釐清先後天是很難的事。此處，論杜甫的情性是以本質為主，但也必然含有後天影響的成份。

〔註10〕　《孟子‧告子篇上》，十三經注疏本，藝文印書館，頁193。
〔註11〕　《中庸》，見四書纂疏本，學海書局，頁61。
〔註12〕　參考趙順孫《孟子纂疏》，學海書局，頁395。
　　　　趙氏說：「惻隱、羞惡、辭讓、是非，情也；仁、義、禮、智、性也，心統性情者也。」
　　　　牟宗三《心體與性體》第三冊第六章指出性是「人之本性」，情是「性體之實」，二者一體，可以互用，正中書局，頁416。
〔註13〕　佛洛姆"Man for himself"陳秋坤譯，大地出版社，頁63。
〔註14〕　馬宗霍《文學概論》，商務印書館，頁57。

　　歷來詩家都說杜甫「得性情之正」。朱長孺《輯注杜工部集序》說：「性情正矣，然後因質以緯思，役才以適分，隨感以赴節，雖有時悲愁激憤，怨誹刺譏，仍不戾溫厚和平之旨，不然則靡麗而失之淫，流灕而失之宕，雕鏤而失之瑣繁，音促節而失之噍殺，綴辭逾工，離本逾違矣。子美之詩惟得性情之至而出之，故其發於君父友朋，家人婦子之際者，莫不有敦篤倫理，纏綿菀結之意。」又說：「自古詩人變不失貞，窮不隕節，未有如子美者，非往學為之，其性情為之也。」〔註15〕這段話頗能資為「沉鬱」源於性情的佐證，子美所以「纏綿菀結」者，正因其性情之正，這種「正」不是學習即能，是與生俱來的善良本質，經過學習磨鍊，而愈發地揚顯表露出來。杜甫之所以悲緒深沉，憂思廣闊，正是植根於這片良善的情性本質的沃田上，設若沒有這塊情性沃田，縱使學是非、辨善惡、教忠孝，感賦多得，恐怕也開不出「沉鬱」的花朵。葉嘉瑩先生在這點早已慧眼獨具地論道：「杜甫詩中流露的道德感則不然，那不是出於理性的是非善惡之辨，而是出於感性的自然深厚之情，是非善惡之辨乃由於向外之尋求，故其所得者淺，深厚自然之情則由天性之含蘊，故其所有者深。」〔註16〕所以，探究杜詩「沉鬱」的成因，這份良善的情性本質，實居首位價值。

　　杜甫與生俱來，與時彌發的良善情性究竟有些什麼？如果我們依著悲劇英雄奮鬥的質性與學聖賢之路向來看，可以發現杜甫的情性具有四種特質：(一) 同情心 (二) 涵忍力 (三) 真摯性 (四) 幽默感。這四種特質便是杜甫日後發展凝塑成「沉鬱」之風的基礎。亞里士多德《詩學》論悲劇中的英雄較一般人為「善」，姚一葦解釋說「善係指其較吾人為勇敢，具較多的力量，智慧與思慮等等。」〔註17〕柯慶明先生論悲劇英雄也提到英雄本色是「勇」〔註18〕這種

〔註15〕朱鶴齡《輯注杜工部集》，中文出版社，頁 14。
〔註16〕葉嘉瑩「論杜甫七律之演進及其承先啟後之成就」一文，收在《迦陵談詩》一，三民書局，頁 62。
〔註17〕亞里士多德《詩學》，姚一葦譯，中華書局，頁 43。
〔註18〕柯慶明《境界的探求》，聯經出版，頁 43。

「善」與「勇」即堅毅的性格，見諸杜甫情性，即「涵忍力」與「幽默感」。「涵忍力」使杜甫執著聖道，奮鬥不休，「幽默感」使杜甫在嚴肅的擔荷中有餘情去欣賞苦難，挫深心靈內涵，這兩者都與剛勇堅毅結合為一。而在孔子聖教的人格世界中，除了「士不可不弘毅」（《論語‧泰伯篇》）「天行健，君子自強不息」（《易經》）的涵忍剛毅外，其根本在「仁」，仁者具廣博的「同情心」，而出以「眞摯性」的情感。所以我歸納此四個特質，來說明杜甫情性達於「沉鬱」的基礎因素。

（一）同情心

儒家所謂「仁」，在情性就是「同情心」，杜甫的同情心是與生俱來，且時俱增的。這點是杜甫為一般儒生所不及的地方。一般學習儒家教育的人，他們講求的仁義道德可能是為道德而道德，在杜甫則是自然合道〔註19〕，學習只是在他本有的天性上增益加強而已。我們與其說他有儒家仁愛的思想，毋寧說他有仁愛的本質來得恰當。杜詩之所以流傳千載為後人誦咏不斷的主因，即在於他本著仁愛的質性，歷挫折而不減，反而更深更廣地落實為對人世的同情，我們從他對家人、朋友、對社會、百姓、甚至於對生物的悲憫中，可以看出其情質之深厚。

由毓淼先生稱杜甫為「家庭詩人」〔註20〕杜集中關愛家人的詩為數不少。在他多難的一生中與家人常是聚散無常，戰亂迫使他們睽違異地，音塵隔絕。杜甫對家人的懸念始終縈懷不下。〈奉先詠懷〉道：

老妻寄異縣，十口隔風雪。誰能久不顧，庶往共饑渴。入
門聞號咷，幼子飢已卒。……

天寶十四年，杜甫到奉先探視家眷，發現幼子飢卒，悲痛無狀，貧苦

〔註19〕　由毓淼〈杜甫及其詩研究〉一文，收在學生書局出版《杜甫和他的詩》上冊，頁1。
〔註20〕　梁啓超〈情聖杜甫〉，收於《杜甫研究論文集》一輯，北平中華書局，頁6。

無力爲生的慘狀，在他憂憐的情懷中表露無餘。〈月夜〉是他在長安思家之作：

> 今夜鄜州月，閨中只獨看；遙憐小兒女，未解憶長安；香
> 霧雲鬟濕，清輝玉臂寒；何時倚虛幌，雙照淚痕乾。

溫柔細膩的情愫化顯於妻兒身上，憐愛之情於曲折委婉中，吐現出來。〈述懷〉也是一篇隔絕思家的詩：

> 去年潼關破，妻子隔絕久。……自寄一封書，今已十年後，
> 反畏消息來，寸心亦何有。……

一句「反畏消息來」，把他對家人的擔憂之情迴折得更爲深刻。此外〈北征〉〈羌村三首〉寫出「妻孥怪我在，驚定還拭淚」、「瘦妻面復光，癡女頭自櫛」這類離亂聚首的複雜感觸，且哀且喜，驚疑歔嘆。〈彭衙行〉帶著妻女避亂，〈憶幼子〉〈元日示宗武〉〈宗武生日〉〈進艇詩〉寫出父子至性的關愛，這些都是自然流露又切於人倫的佳構。

除了父子親倫，伉儷情深外，杜甫對弟妹的思念，也發揮得淋漓盡致。〈月夜憶舍弟〉說：

> 戍鼓斷人行，邊秋一雁聲，露從今夜白，月是故鄉明。有
> 弟皆分散，無家問死生，寄書長不達，況乃未休兵。

戰亂下，他對諸弟的思念藉白露明月，婉轉流溢。

〈同谷七歌〉中：

> 有弟有弟在遠方，三人各瘦何人強。生別展轉不相見，胡
> 塵暗天道路長。……嗚呼！三歌兮歌三發，汝歸何處收兄
> 骨。有妹有妹在鍾離，良人早沒諸孤癡。長淮浪高蛟龍怒，
> 十年不見來何時。……嗚呼！四歌兮歌四奏，林猿爲我啼
> 清晝。

歌哭淋漓，憂虞滿紙，亂世兒女，「弟兄羈旅各西東」、「十年骨肉無消息」，這種憂思縈懷，眞要叫人同聲一哭！梁任公說：「集中想念他兄弟和妹子的詩，前後有二十來首，處處至性流露。最沈痛的如〈同谷七歌〉。」[註21] 杜甫在《元日寄韋氏妹》《憶弟》《得舍弟消息》……

〔註21〕同註20。

許多詩篇中早已累積無數對弟妹憂心懷念的悲愁，至〈同谷七歌〉真
是抑忍不住，放聲痛訴，嗟怨頓挫，直叫天人同悲。不只悲傷的一面
如此，在欣喜處如：〈得舍弟觀自中都已達江陵詩〉、〈喜觀即到復題
短篇〉、〈舍弟觀歸藍田迎新婦送示〉等等，一掃愁絕，按捺不住的關
切欣喜之情，也輕快流利地展現。

關愛親人是天經地義，尚不足為奇，杜甫對朋友的關心才更顯出
其愛心之厚。他懷念李白：

> 君今在羅網，何以有羽翼，恐非平生魂，路遠不可測。
> 魂來楓林青，魂返關塞黑。落月滿屋梁，猶疑照顏色。(〈夢
> 李白〉二首)

寫夢中夢後，人魂不分，生死難知，心懷縈牽，他對李白的憂念，真
是無以復加了。

房琯是杜甫的布衣交，陳陶兵敗，杜甫冒死執言，而遭受貶黜。
杜甫除了捨身營救外，在詩文中也極見深厚的友愛：

> 豈無群彥，我心忉忉，不見君子，逝水滔滔……(〈祭故國清
> 河房公文〉)

這是杜甫對房琯，「敢愛生死」之情，以及無盡的悼念。

嚴武和杜甫交情至厚，除了朋友之外還有部曲故吏的關係。杜甫
懷念他的詩極多：〈酬嚴公寄題野亭〉、〈嚴中丞枉駕見過〉、〈遭田父
泥飲美嚴中丞〉……等等，我們試看〈哭嚴僕射歸櫬〉詩：

> 素幔隨水流，歸舟返舊京。老親如宿昔，部曲異平生，風
> 送蛟龍匣，天長驃騎營，一哀三峽暮，遺後見君情。

這首詩可以感受到杜甫對朋友那份濃情厚意，酸懺悽愴。李、房、嚴
外，杜甫對朋友的關切見諸文字者尚多，如〈有懷台州鄭十八司戶〉、
〈哭李尚書〉、〈哭韋大夫之晉〉等等，要之，杜甫對所有認識的人，
交深交淺，無不寄以濃厚懇切的感情。

杜公的同情心表現得最為不朽者，在於他對社會對百姓的悲憫。
對認識的人關愛，雖為可貴，但尚不及對不認識的人憂戚與共，來得

偉大。

> 窮年憂黎元，難息腸內熱。（〈自京赴奉先縣詠懷五百字〉）
> 減米散同舟，路難思共濟。（〈解憂〉）
> 安得壯士挽天河，淨洗甲兵長不用。（〈洗兵馬〉）
> 安得廣廈千萬間，大庇天下寒士俱歡顏。（〈茅屋為秋風所破歌〉）
> 幾時高議排金門，長使蒼生有環堵。（〈寄伯學士〉）

杜公一腔熱血，全為生靈，他的眼光總是垂顧到那些受苦受難的下層百姓，《三吏》《三別》說「老妻臥路啼」說「二男新戰死」，他的精神已和天下蒼生合而為一，他悲天憫人，不為己念，即使在老邁無力時，仍不忘殷殷囑意於有為的少壯。「一請甘飢寒，再請甘養蒙。」（〈贈蘇四徯〉）「公若登台輔，臨危莫愛身」（〈奉嚴公入朝十韻〉）「九重思諫諍，八極念懷柔。徒倚瞻王室，從容仰廟謀，故人持雅論，絕塞豁窮愁，復見陶唐理，甘為汗漫遊。」（〈奉送五信州鑒北歸〉）杜公一心繫念著天下安危，自己已經病弱絕塞，仍企望他人能忘身救國及時建言，蒙養黎民，這種慈悲的心腸，正是同情心的極致表現。

杜甫對於知覺與共的同胞如此，對於無知物類也極盡憐惜之情：〈縛雞行〉對被縛向市的雞寄以惻隱之心。〈觀打魚〉「大魚傷損皆垂頭，屈強泥沙有時立……吾徒胡為縱此樂？暴殄天物聖所哀！」對「半死半生猶戢戢」的魚留下無限哀憐，〈病馬〉感「物微意不淺」，〈麂〉傷「亂世輕全物」，對於各種受苦難的生物，他都懷著無私的同情。

在十八世紀的西洋文學批評中亞當史密斯（Adam Smith），勞楞斯・史東恩（Laurerce Sterne）等，咸認為，「同情心不是自私的，它是笛卡兒所說的情感的自我發展；此外，它固然是倫理的情感，却無一般倫理原則的冷酷與內省性。同情心是人性裏最仁慈、溫暖、柔軟、美好的情緒的自然流露。」〔註22〕這種文學觀點，原則上還是屬於浪

〔註22〕 衛姆塞特、布魯克斯合著《西洋文學批評史》，顏元叔譯，志文出版社，頁 269。

漫主義，與中國「載道」文學觀之古典主義有所不同，一在自然而然，一在感化使然。然而對於杜甫來說，其同情心的自然表現，也就是「親親而仁民，仁民而愛物」、「民胞物與」的人道精神，與衛道者「先識器而後文藝」的理想仍是和諧一致的。杜詩之所以能夠憂思深廣，氣象閎潤，與這種自然合道的「同情心」有極大的關係。

（二）耿直性

　　偉大的文學家常有赤子般的眞摯之情，他們通常執守眞理，懇切篤實，完全忠於良知性靈。這種眞摯性表現在行爲上有兩個特點，一則用情眞摯懇切，具有眞誠的同情心，這在前文的詩例中皆可看出。一則直率而行，耿介不阿，不肯虛意屈承，斲傷眞性。陶淵明所以掛冠歸隱，即因「性自然，非矯厲所得」（〈歸去來辭〉）、「……性剛才拙，與物多忤」（〈與子儼等疏〉）。杜甫也有著同樣的性情。他說：

　　　　以茲悟生理，獨恥事干謁。（〈奉先詠懷〉）

　　　　白鷗沒浩蕩，萬里誰能馴。（〈贈韋左丞〉）

以他眞摯的個性，自然不願卑恭屈膝去逢迎求任，故而只有「沒浩蕩」，任眞順性，而終老江湖。

　　其實在杜甫的一生中也有幾次仕進立朝的機會，卻因他的任眞耿直，終而辭官歸田。一次是他冒萬難潛抵鳳翔行在，千辛萬苦得了個左拾遺的官職，卻因上疏論房琯罪細，直言忤怒肅宗而貶走華州，他又以官微無力謀國而毅然棄官。一次是代宗廣德元年，他被召補吉兆功曹參軍，但因已決意出峽而不赴，隔年嚴武鎮蜀，又薦爲檢校工部員外郎，杜甫因與武交誼篤厚，不得不就任，然而幕府生活，人事複雜，附會阿諛，求取地位，杜甫與此等官佐幕僚周旋得極爲痛苦，因此一再求去。

　　〈遣悶奉王嚴公二十韻〉說：

　　　　白水魚竿客，清秋鶴髮翁，胡爲來幕下，祇合在舟中。

又說：

　　　　束縛酬知己，蹉跎效小忠。……會希全物色，時放倚梧桐。

他不適爭奪，辭官隱老的意念，在詩中表露無遺。

　　杜甫的眞率耿介除了表現在仕宦之途外，對人事道理，也常直義而行，充份顯露耿直的個性。〈壯遊詩〉中，他曾說自己年紀很輕時就「嫉惡懷剛腸」，有著正義的俠氣。「君已富土境，開邊一何多」（〈前出塞〉）爲征夫仗義執言；「炙手可熱勢絕倫，愼莫近前丞相嗔」（〈麗人行〉）對淫臣孽子，諷刺曲責；「野曠天清無戰聲，四萬義軍同日死」（〈悲陳陶〉）「安得附書與我軍，忍待明年莫倉卒。」（〈悲青坂〉）即使交情至深的房琯，對其倉卒軍機之失，杜甫也直言指責，毫不徇情。從他許多抨擊時政，譏諷得失的詩句中，我們都可看到他這種耿介直言的一面。

　　李辰冬先生論文學家的特性說，偉大的文學學常具有兩種特性，一是耿介的性格，二是堅定的信仰。〔註23〕所謂堅定的信仰，源自強韌的生命力，我們在「涵忍力」中再談，而耿介的個性便是這種不隨波逐流，不屈附趨承，剛直守義，爲眞理申言的個性。杜甫這種情性，正與同情心相爲表裡，使他對人世的憂思更強韌而深厚。

（三）涵忍力

　　涵忍力指對苦難的容受與奮發。這是前述悲劇英雄本色之一，是亞里斯多德所謂「善」的本質，代表著極大的力量與智慧，能面對命運重重考驗，堅強不屈。

　　杜甫是個極能包容痛苦且堅毅不撓的人，他一生所受到的打擊之多，也眞是人寰少有，和病魔纏鬥了一生，和整個時代的離亂愁苦抗衡了一生，舉試不第、賣藥爲生、領太倉救濟米、妻子離散、稚子飢卒、百病叢生，時代與厄運折騰得他髮白偏枯，潦倒至極。但他「數根白髮那拋得，百罰深杯亦不辭。」（〈樂遊園歌〉）一股澎湃泉湧的生命力，志士不屈的昂揚精神，在詩文中至大至剛地展現出來。他說：
　　　　無貴賤不悲，無富貧亦足。（〈寫懷二首〉）

〔註23〕李辰冬〈文學家的特性與天才〉一文，見《文學新論》東大圖書公
　　　　司，頁100。

　　且知寬病肺，不救恨危塗。〈〈北風〉〉

　　有客雖安命，衰容豈壯夫。〈〈贈左丞丈濟〉〉

　　肺肝若稍癒，亦上赤霄行。〈〈送覃二判官〉〉

　　今我不樂思岳陽，身欲奮飛病在床。〈〈寄韓諫議〉〉

這些詩寫出他「君子固窮」，默默承受貧病之苦的涵忍。他沒有怨天尤人，在知足涵忍中更思發奮。後兩詩看到他纏綿病榻，猶思奮飛效國的心跡，尤為悽惻無奈。他一生「孤忠報社稷，餘分推朋友」（王世貞〈杜員外述貶〉）身家流離的苦難打不倒他，時代百姓的苦難才是他最大的悲痛，他「時危思報主，衰謝不能休。」（〈江上〉）「我衰不足道，但願子章陳，稍令社稷安，自契魚水親，我雖消渴甚，敢忘帝力勤。尚思未朽骨，復覩耕桑民。」（〈別蔡十四著作〉）丹心輔國，以天下為念，無法見百姓耕桑太平，才是他皓首哀嗁，鼻酸氣噎的主因。這種忍受苦難，發奮圖國的良心善質，在一個頭髮灰白，枯骨瘦肌，羸弱多病的老人身上，愈發顯得強韌而無敵。王安石〈子美畫像〉詩，便是對老杜這份涵忍力，有著深深的感佩，他說：

　　惜哉命之窮，顛倒不見收。青衫老更斥，饑走半九州。瘦妻僵前子仆後，攘攘盜賊森戈矛，吟哦當此時，不廢朝廷憂。常願天子聖，大臣各伊周。〔註24〕

我們看到一股「士不可不弘毅，任重而道遠」的精神，寄寓在杜公慘澹的一生中。杜甫可說是將孔子「仁」的人格意義，詮釋得自然而浩大的一個。牟宗三先生分析「仁」的全幅意義說：「孔子的『仁』具有下列兩大特質：

　　1. 覺——不是感官知覺或感覺，而是悱惻之感，即論語所言的「不安」之感，亦即孟子所謂惻隱之心或不忍人之心。……

　　2. 健——是易經「健行不息」之健。……」〔註25〕

　　杜甫的涵忍力，自然吻合於易經行健的道理。天地運行不息，示

〔註24〕《杜甫卷》，源流出版社，頁80。

〔註25〕牟宗三《中國哲學的特質》第五講「孔子的仁與『性與天道』」，學生書局，頁29。

人以剛健奮發的精神，杜甫以羸弱之軀，窮苦之命，而具韌質之性，可謂上合天道，與自然同趨。

有廣博的同情心，耿介的情性，若無強大的涵忍力，就如良藥欠缺慢火煎熬一樣，終顯不出味道與效用。「沉鬱」之風的形成，涵忍力也佔很大的因素，要使「沉鬱」凝鍊出韻味，涵忍力是一劑淬鍊良方。

（四）幽默感

幽默的種類很多，有純粹玩笑的詼諧，有玩世諷世的滑稽，也有調和美醜，欣賞痛苦的解嘲；有對人的，也有對己的。杜詩中充份顯露了他各類的幽默天才。〈飲中八仙〉中形容八位鮮活可愛的醉客，〈戲題寄上漢中王三首〉中譏弄斷飲的漢中王，〈戲贈勤三首〉嘲笑自己墮馬傷齒的醜態，〈戲韋偃爲雙松圖歌〉中「請公放筆爲直幹」故意將以曲折有姿爲妙的松樹說爲「直幹」……等等，筆緻輕決活潑，逼趣笑鬧，興味盎然。

然而玩笑歸玩笑，杜詩能達到「沉鬱」之風者，在於那些調和痛苦的解嘲，這是一種苦中作樂，玩笑中深寓悲情的高度幽默，杜甫資此以排遣無奈，舒緩悲緒，增強對苦難的涵忍力。他的悲劇性在幽默中撮揉得更爲深刻，悲哀與沉痛之味在調笑中更爲長足。

杜甫原是個疏狂自負，志氣高昂的人，《新唐書》甚至還說他「放曠不自然，好論天下大事，高而不切。」〔註26〕這種誤解，全因他壯志未酬，才華不得申展所致。汨沒沈淪的杜公，面對現實種種挫折，只有藉詩文來自我解嘲。〈今夕行〉道：

> 今夕何夕歲云徂，更長燭明不可孤。咸陽客舍一事無，相
> 與博塞爲歡娛。憑陵大叫呼五百，袒跣不肯成梟盧，英雄
> 有時亦如此，邂逅豈即非良圖？君莫笑劉毅從來布衣願，
> 家無儋石輸百萬！

一場刻意的豪賭，把壯志難申，「家無儋石」的景況在自我嘲謔中透

〔註26〕 宋祁《新唐書》杜甫本傳，鼎文書局，頁 5736。

露無遺。「憑陵大叫呼五百，袒跣不肯成梟盧」這種賭態雖然不雅，但「英雄有時亦如此」，雖然赤貧如洗，雖然在人生道上不得狂放豪邁，偶在賭場邂逅之際，且豪爽痛快它一次吧！諸君且莫笑，從前劉毅，家無分文，還不是敢輸上百萬呢！這樣一種看似自豪，實則無奈的幽默，其悲涼之感隱隱透顯紙背，令人心中興起難言的悲歡。

　　杜甫在窮困到極點時，還發奇想地開玩笑，他說：

　　　囊空恐羞澀，留得一錢看。(〈空囊〉)

　　　浮生有定分，饑飽豈可逃？歎息謂妻子，我何隨汝曹。(〈飛
　　　仙閣〉)

前詩說，怕阮囊羞澀，空乏寒酸，權且留下一錢看看，表示自己還是有錢。後一首詩面對妻兒跟錯人，隨自己奔波流離的慘境，心頭難過，只好顛倒其辭，反向妻子抱怨，自己為何命苦，隨著妻孥忍受饑困？這些詩語雖調笑，心實悲悽，令人閱讀之餘，常要笑中帶淚，心緒為之哽咽凝愁。〈去矣行〉他說：

　　　未試囊中餐玉法，明朝且入藍田山。

傳說後魏李預把七十塊玉椎成碎屑，每日服食可以成仙。杜甫沒飯吃，想想還是到藍田山餐玉去吧！

　　對於他治國濟民的理想，他說：

　　　許身一何愚，竊比稷與契！(〈自京赴奉先詠懷〉)

　　　紈袴不餓死，儒冠多誤身。(〈奉贈韋左丞〉)

自己何等愚昧，還比什麼稷與契，游手好閒的人都不會餓死，自己一心許國，以儒術為宗，結果反倒誤身。這種悲憤自嘲，真悽愴到極點！

　　〈北征〉詩中，他嘲笑妻兒「瘦妻面復光，癡女頭自櫛」、「移時施未鉛，狼籍畫眉闊」。〈兵車行〉中他故作謬論「信知生男惡，反是生女好，生女猶得嫁比鄰，生男埋沒隨百草。」杜甫的玩笑詼諧是他困厄生活的點綴[註27]，胡適說他「窮開心」[註28]，他一連串「戲

―――――――――――

〔註27〕　鄭明娳〈杜詩中的幽默〉，《國魂》四二○期，頁29。
〔註28〕　胡適《白話文學史》第十四章，東海出版社，頁227。

爲」、「戲贈」、「戲題」、「戲作」、「戲簡」的詩，顯露不少痛定思痛後的高度幽默。葉嘉瑩先生說：「杜甫的才性之健全，所以才能有嚴肅中之幽默，與擔荷中之欣賞，相反而相成的兩方面表現。」〔註29〕杜甫在強烈的挫折與困厄下，有此餘裕抽身自嘲，慧眼觀照世事，其稟性之優越，自不待說解可知。

以上我們從情性上看杜甫，其沉鬱已了然顯露，然而就整個人格世界的完成，除了天稟情性外，還需輔以思想的執著，挫折的磨礪，杜甫在亂世中推崇儒術，以及他所遭遇的各種挫折，其實質如何？這將可資爲「沉鬱」形成的輔助因素，以下再簡單說明之。

二、思想爲輔翼

在奮鬥的過程中，善質良知，只是基礎，思想的執著才是有力的導向，有著堅定的思想信仰，則同情心、耿直性、涵忍力與幽默感等種種自然情性才能愈發激宕出來。

杜甫生在佛道盛行的唐代，思想上自然也受過釋道的影響。志喻說：「儒釋道教及景教，杜甫皆有皈依，而未專主一宗，未服膺一教。」〔註30〕他早年心儀李白，有王屋之遊，日後還有「方期拾瑤草」（〈贈李白〉）的想望，後來疾病纏身，也煉丹求藥，〈寄詩馬山人十二韻〉說：「道術曾留意」，〈憶昔行〉說：「巾拂香餘搗藥塵，階除死灰燒丹火」，這些詩意都顯見他有道教的色彩。而佛教思想在杜詩中尤有盛於道教。他常常上佛寺，也有許多方外好友。廿五歲在東都洛陽時已寫下〈遊龍門奉先寺〉，「已從招提游，更宿招提境……欲覺聞晨鐘，令人發深省。」詩中充分流露他對佛教深厚的情緒。〈秋日夔府詠懷〉中他敘述了和禪宗的關係：「身許雙峰寺，門求七祖禪，落帆追宿者，衣褐向眞詮。」此外〈贈蜀僧閭丘師兄〉、〈和斐迪登新津寺〉、〈後遊修覺寺〉……許多詩中都證明他與佛教的因緣很深。但是他說「金篦

〔註29〕 葉嘉瑩《迦陵談詩》一，三民書局，頁61。
〔註30〕 志喻〈杜甫詩中之宗教〉，《逸經》二八期，頁1617。

（喻佛理）空刮眼，鏡象未離銓。」（〈秋日夔府詠懷〉）在整個思想體系中，他還是以儒家入世的精神爲主，因爲他對人世的愛心與同情，使他無法鏡象全空，脫然無累。

我們看杜詩的「沉鬱」，也需資借杜甫對儒術的執著才能體悟。

杜甫出生儒學世家，自幼即受到儒術濡染，〈進雕賦表〉說：「自先君恕預以降，奉儒守宮，未墜素業矣。」可見他有意承守緒業，鼓吹六經，發揚儒家思想。集中他屢屢提到「儒」字，有時自許自負，有時自怨自歎，我們可以看出這種執守儒業的心歷路程。

> 昔歲文爲理，群公價盡增，家聲同令聞，時論以儒稱。（〈寄劉峽州伯華使君四十韻〉）
> 稷契易爲力，犬戎何足吞，儒生老無成，臣子愛四藩。（〈客居〉）
> 儒術誠難起，家聲庶已存，故山多藥物，勝暨憶桃源。（〈奉留集賢院崔、于二學士〉）
> 社稷纏妖氣，干戈送老儒，百年同棄物，華國盡窮途。（〈舟中出江陵南浦奉寄鄭少尹審〉）
> 腐儒衰老謬通籍，退食遲迴違寸心。袞職曾無一字補，許身愧比雙南金。（〈題省中院壁〉）

從以「儒稱」令聞，到「儒術難起」、「儒生無成」的景況，杜甫居守儒業，與志業難酬，才學不售的掙扎過程明顯地呈露。雖然他有時不免滿腹勞騷感歎怨慨，說些「儒冠多誤身」（〈奉贈韋左丞丈〉）「儒術于我何有哉？孔丘盜跖俱塵埃！」（〈醉時歌〉）的話，但他執著之深，全在感慨之切中顯露。

有人說杜甫口口聲聲說「儒術」，自然是含有幾分鄙視的意思。〔註31〕這種謬論在杜甫一連串宗儒、崇儒，以孔子自比，以儒術待人、濟世、謀國的言論中便可不攻自破。

> 傷時愧孔父，去國同王粲。（〈通泉驛南去通泉縣十五里山水作〉）
> 賢有不黔突，聖有不煖席，況我饑愚人，焉能尚安宅。（〈發

〔註31〕 易君左〈杜甫的宗教思想〉，《藝文詩》一期，頁13。

同谷縣〉)

淒其望呂葛,不復夢周孔。(〈晚登壤上登〉)

稷契易爲力,犬戎何足吞。(〈客居〉)

位下何足傷,所貴者聖賢。(〈陳拾遺故宅〉)

這些詩句很明白顯示杜甫一再以前代聖賢自比,他一心就希望能像稷契、孔子一樣,克盡臣道,栖栖遑遑,以求堯舜之治。他在〈華州試進士策問〉中說:「降及元輔,必要之於稷高,驅蒼生於仁壽之域,反淳樸於羲皇之上。」〈奉贈韋左丞丈二十韻〉說:「致君堯舜上,再使風俗淳。」〈同元使君春陵行〉說:「致君唐虞際,淳朴憶大庭。」在杜甫心中只有堯舜仁政才能救國救民,但是事與願違,杜甫生不逢堯舜君,天下太平無望,他那種「人饑己饑,人溺己溺」的同情心,迫使他憂心忡忡地「迴首叫虞舜」(〈同諸公登慈恩寺塔〉)「同泣舜蒼悟」(〈大曆三年,白帝城放船出瞿唐峽,久居虁府,將適江陵,漂泊有詩凡四十韻〉)。這樣熱切地呼求虞舜,足以表示他對儒家仁政的強烈認同與渴望。他始終是以儒家思想爲宗的,即使自己身困無力,他也把希望寄於友人,「致君堯舜付公等,早據要路思捐軀。」(寄斐道州蘇侍御)這種崇高、忠愛,以仁爲己任而堅持不懈的精神,正是上紹孔孟的儒家思想。

由於杜甫有「同情心」、「耿直性」、「涵忍力」、「幽默感」等天賦情性,使他自然走向推尊儒術,執守儒家思想的路線;然而也由於他對儒術的執著,對堯舜之治的渴求,我們才更了解他的同情心等質性之深廣。

三、挫折爲礦石

對文學創作來說,作者生命人格之形成與氣韻之強弱,都與「挫折」有很大的關係。亞里士多德論悲劇,強調「情節」的安排,視爲六要素之一。〔註32〕所謂情節指劇中英雄所遭遇的命運逆境,逆境愈

〔註32〕亞里士多德《詩學》說:「凡屬悲劇均容含六要素」,「此六要素爲故

巨大，愈不幸，愈能顯出英雄之剛勇，也愈能引起讀者的同情與哀憐。日人廚川白村也說：「鐵石相擊，迸出火花；激流岩石相衝擊，飛濺出水花，產生了彩虹。同樣的，惟有兩種力相衝，才能展現出華麗的人生。」〔註33〕現實世界與人的心靈思想本來就是兩種互相衝擊的力，人內心升起真善美的理想世界「與現實世界，有永遠不能彌補的裂痕與深淵存在」〔註34〕於是便有所謂「挫折」。

　　挫折足以考驗出人的生命力，挫折大時也足以吞噬人的心志與生命，杜甫是種種巨大挫折下的一顆不死的靈魂，故而其人格世界，莊嚴深厚，蔚為詩風之崇高與壯美。要認識老杜所承受的重大挫折，可從身心兩方面來看。生理上，他體格纏弱，百病叢集；心理上，他生活困頓身家不保，又遭遇時代苦難，仕宦無緣，憂國憂民的心願，與堯舜之治的理想不得實現。我們先從杜甫生理的挫折來看。

　　據杜甫自己的敘述，他童年「健如黃犢走復來，庭前八月梨棗熟，一日上樹能千迴。」(〈百憂集行〉)，這樣一個活蹦健壯的孩子，誰也沒料到他壯年便開始受到病魔的糾纏。〔註35〕近人陳香考定杜甫三十七歲時，即為瘧疾所惱，直到大曆二年還時癒時發。綜其一生有瘧疾、糖尿病（詩中稱為消渴）頭風、手抖、右臂偏枯、耳聾、腰腳衰、齒落、肺痿等等病痛〔註36〕我們很難想像，一個人如何去與這多重的生理殘疾相抗，而猶能有「身欲奮飛」的心志？

　　除了生理受挫外，心理上，杜甫要忍受窮困無以全家，時亂無以謀國的憂痛。早在安史亂之前，杜甫已受到貧窮的壓迫，「旅食京華」

　　　　事或情節、性格、語法、思想、場面及旋律。」見姚一葦譯本，中
　　　　華書局，頁68。
〔註33〕廚川白村《苦悶的象徵》，林文瑞譯，志文出版社，頁5。
〔註34〕唐君毅《人生之體驗續編》，學生書局，頁56。
〔註35〕據樸人〈杜甫的病〉所考，杜甫三十歲作客臨邑時，開始有體力衰
　　　　退感，有詩曰「吾衰同冷梗」(〈臨邑舍弟書至苦雨〉)，又三十五六
　　　　歲開始纏綿之病，有〈病後過王倚飲贈歌〉。見《自由談》二二卷三
　　　　期，頁7，60年3月。
〔註36〕陳香《杜甫評傳》，國家出版社，頁28。

的那些日子，他在長安達官貴人和文人圈中求食，如同高級乞丐。〈奉贈韋左丞丈二十二韻〉說：「騎驢三十載，旅食京華春，朝叩富兒門，暮隨肥馬塵，殘杯與冷炙，到處潛悲辛。」我們可以看到老杜形同乞兒的無奈。這樣的日子裡，饑寒之苦常侵擾著他：

> 有儒饑餓死，早晚報平津。(〈奉贈鮮于京兆〉)

窮困使他無力養活家小，只得把妻兒寄在舅家，而致稚子餓死，這件事對年屆四十四，仍志業無著，衣食不繼的杜公，真是人生中極慘痛的打擊。

　　安史亂起，杜公更得攜家帶眷，避亂投荒，由奉先到鄜州，一家大小面黃肌瘦，衣衫藍褸地奔走於山間野村，〈哀王孫〉、〈悲陳陶〉、〈月夜〉……許多沉鬱感人的作品，在挫折下激宕而出。短暫的左拾遺與華州司功後，杜甫又西入秦州，轉向同谷，多病與饑困依然折磨著他，直到入蜀後，仰仗朋友接濟，生活之困稍得舒解。蜀間又因西川徐知道之亂，杜甫再輾轉於梓州、塩亭、漢州、閬州等地。

　　綜看杜甫一生，幾乎少有寧日，只有入夔與卜居浣花草堂的兩段時間，前後約六年，生活尚稱安定，但病痛仍不能免，其他時間則饑困流離，折騰不安。後來他東下荊楚也是萍踪無定，覊旅與貧困始終糾纏著他，最後只有客死旅次，留下無限恨憾與千古不朽的詩章。

　　窮、病、飄泊，這是杜甫一生的寫照，然而，這都只是個人身家上的挫折。移風易俗，為民謀福的志業不成，反見生民造次流離之苦，這才是杜甫心靈上重大的挫折，他為王孫流落長安道上「已經百日竄荊棘，身上無有完飢膚」(〈哀王孫〉)而哀痛；為盜賊亂天下，國破家危而感慨「神堯舊天下，會見出腥臊」(〈避地〉)；為兵連禍結，征役不休的百姓呼號，「借問新安吏，縣小更無丁」(〈新安吏〉)、「借問潼吏，修關還備胡」(〈潼關吏〉)、「暮投石壕村，有吏夜捉人」(〈石壕吏〉)、「嫁女與征夫、不如棄路傍」(〈新婚別〉)……等等，不論行乞街頭的王孫、石壕逃役的老翁、新安應征役的肥男瘦男，初婚傷別的夫婦……，全天下所有百姓的傷痛，都成了杜甫內心的挫折與創傷。讀杜詩不僅能感受

到他那至大至剛至廣至博的情性，更會爲他思想之仁聖執著，挫折之巨大悽愴而歎惋，天之降斯人者如此，豈尋常詩人而已！

　　通過杜甫情性、思想、挫折所結合而成的人格世界，我們可以了解「悲感」、「憂思」其來有自，而其「莊嚴」與「深厚」的程度，也繫於情性、思想、挫折之深淺程度，情性愈深愈廣，其思緒也就愈莊嚴深厚，再加上思想之薰陶，挫折之淬礪，則杜詩「沉鬱」之內質就蔚然顯現。

　　黃師永武說：「詩是作者內心的反映，是心的投影，所以從詩句的文字可以求得作者內心的志趣與襟抱，而這志趣與襟抱也足以形成作品的風格與面貌。」〔註37〕古人也常說：「在心爲志，發言爲詩。」〔註38〕「詩以道性情，人各有性情，則亦人各有詩耳。」〔註39〕這些看法都在說明詩之風格與作者情志息息相關，我們看杜甫如此自然深厚而又千錘百鍊的人格世界，也就了解杜詩「沉鬱」之成因。張健先生說：「感性與知性並重，又以溫厚爲宗，便可得沉鬱之妙用。沉者忠厚，鬱者含蓄，沉鬱之來，性情、修養、學習、境遇，各占一分。」〔註40〕考察杜甫的人格世界，也就是認識性情、修養、學習、境遇等等與沉鬱的關係，故而，我們可以很肯定地說：沉鬱之內質資借作者的人格世界以成之，至於其詩文形態與頓挫相關，賴作者學習鍛鍊而出之。

第二節　詩學造詣展現頓挫之貌

　　詩人資以展現生命質性與精神氣韻的能力，我們可以統稱之爲詩學造詣，造詣是先天資質與後天鍛鍊的結合，先天的資質有助於詩人選取素材，駕馭語文媒介，創造出具有生命力的詩篇；後天的

〔註37〕黃永武《中國詩學》鑑賞篇，局流圖書公司，頁 256。
〔註38〕詩大序之言，引自朱任生《詩論分類纂要》，商務印書館，頁 1。
〔註39〕吳雷發《說詩菅蒯》，收於丁福保《清詩話》，明倫出版社，頁 897。
〔註40〕張健《明清文學批評》，國家出版社，頁 300。

鍛鍊也能達到某種表現程度，足以展現詩人天稟之質，故韋勒克在
《文學論》中說：寫作人「在類型上有『天生的』和『做作的』二
者，前者是自發的，入迷的，預言式的詩人；後者主要是有訓練的，
有技巧的，負責任的藝術家。」〔註41〕這「天生」與「做作」的兩
者間即包括才氣學習之質與量的變化，詩人各有不同的才氣學習，
也就導致詩學造詣的不同，造詣上，有人以天賦勝，有人以訓練勝，
偉大的詩人却必須兼具超卓的天賦與特殊的訓練，我們絕不能說李
白是「天生的」詩人，杜甫是「做作的」的詩人，即因詩學造詣之
才氣學習上各有質與量的不同所致。我們資此四端便能明晰辨認作
者精神氣韻之傾向（質）與強弱（量），以了解杜詩「頓挫」的成因。

才氣學習是劉彥和《文心雕龍》所提出的四個風格的質素，《體
性》篇說：

夫情動而言形，理發而文見，蓋沿隱以至顯，因內而符外
者也。然才有庸儁，氣有剛柔，學有淺深，習有雅鄭，並
情性所鑠，陶染所凝，是以筆雲譎，文苑波詭者矣。〔註42〕

這段話即說明「情理」是內隱的，「言文」是外現的，「才氣學習」之
不同，也將造成「情理言文」之不同。才有平庸儁逸之殊，氣有陽剛
陰柔之異，學力有淺薄深厚之別，習業有雅正流俗之分，這種庸儁、
剛柔、淺深、雅鄭，正是造詣之異，顯現於詩文上也就有著不同的風
貌，杜詩頓挫之風源自作者之精神氣韻，而氣韻之蓄養與展現，全賴
才之多寡，氣之盈餒，學之深淺，習之正變。以下我們分四端來看。

一、才

《文心雕龍》體性篇既言「才有庸儁」，又說「人之稟才，遲速異
分」、「才有天資」等等〔註43〕一般人便往往將此「才」字解為天生的

〔註41〕 韋勒克和華倫《文學論》，第八章「文學與心理學」，王夢鷗譯，志
　　　　文出版社，頁133。
〔註42〕 《文心雕龍》，范文瀾注本，學海書局，頁505。
〔註43〕 同上，頁505～506。

才能，實則，才稟於天，却繫存於學，彥和此說只是強調「才是內發」
（《文心雕龍・事類篇》），而非「才是天稟」。他在《體性篇》說：「才
力居中，肇自血氣」，《神思篇》說：「積學以儲寶，酌理以富才。」一
就自然，一就學養而論，他所說的才，實際上有天稟，也有學習陶鑄
的成份。李辰冬先生論「文學家的特性與天才」時也提到：天才包括
「天資、環境、努力」〔註44〕這便是將「才」視爲先生與後天的結合。

　　然而，一般人談「才」都解爲天稟所能，且往往加一個「天」字，
「天才」意味著與生俱來，不學而能之義。這種含糊的認定，主要因
才的表現方式往往神秘飄忽，不可捉摸，它常以靈感出之，靈感突兀
而來，不易控制〔註45〕，因此有所謂的「江郎才盡」之說。事實上這
種種神秘能力，在今天經過許多人的分析，已經知道其內容有先天與
後天的成份。朱光潛據他多年潛研西方美學的經驗，分析「天才」除
了「遺傳」外，和「環境」及個人的努力有很大的關係，他說：「環
境對於天才不僅供給滋養品，尤重在供給刺激劑。」又說「天才大半
享有較優厚的遺傳和環境的影響，這是不可否認的事實。但……遺傳
和環境相同，而成就大小往往懸殊甚遠，這就全靠個人的努力與不努
力了。」〔註46〕

　　由此可見客觀地分析起來，「才」是自然天稟沒錯，却是受到社
會傳統、民族性、遺傳因素等影響所成的個人特質，這種特質需借生
活的歷鍊，心靈的刺激來發啓之。一個天生資賦優異的人，他可能受
到後天訓練而愈顯得才氣鋒發，也可能受到環境影響，失去磨練持養
的機會而終致「小時了了，大未必佳」，這是量的深淺變化；同理，
他可能受到忠厚質性的薰染而走向篤實忠謹，也可能因自由放任而導
致飄逸自然，這是質的差別變化。如果根據這種論點，則一般以爲杜

〔註44〕李辰冬《文學新論》，東大圖書公司，頁 101。
〔註45〕朱光潛《談美》中〈天才與靈感〉一文說：「最容易顯出天才的地方
　　　　是靈感。」開明書局，頁 128。
〔註46〕朱光潛《文藝心理學》第 14 章，開明書局，頁 222。

甫才力不及李白，或李白才高，杜甫學勝的說法，恐怕就有很大的問題。

　　歷來說杜者總愛以李杜並論，且往往說李以才勝而杜以學長。例如郭紹虞《滄浪詩話校釋》說：「余謂太白以天資勝，故語多俊逸，子美以學力勝，故語多沉鬱。」〔註47〕朱任生亦說「昔人謂子美長於學，太白長於才，洵爲篤論。」〔註48〕這些都是自明代李崆峒諸人以來，未加思辨的誤解。趙翼《甌北詩話》早已注意到這點，他說：

> 微之謂其薄風雅，該沈宋，奪蘇李，吞曹劉，掩顏謝，綜
> 徐庾，足見其牢籠萬有。秦少游並謂其不集諸家之長，亦
> 不能如此。則似少陵專以學力集諸家之大成。明李崆峒諸
> 人，遂謂李太白全乎天才，杜子美全乎學力，此眞耳食之
> 論也。思力所到不如是則不快者，此非性靈中本有是分際，
> 而盡其量乎？出於性靈所固有，而謂其全以學力勝乎？」
> 〔註49〕

這是經過審愼思慮，眞正能透視杜甫才學的精闢之言。杜甫豈獨以學長而不以才勝乎？這明明是秦觀以「詩之集大成」論杜後的一種錯誤導向。實際上《滄浪詩話》說：「李杜二公，正不當優劣。太白有一、二妙處，子美不能道，子美有一、二妙處，太白不能作。」〔註50〕這是以負才質性之不同來看飄逸與沉鬱。李才與杜才在「質」的方面，本有差異，故各有所能，不當以優劣論之，滄浪詩話已有明示，郭氏卻釋以天資、學力之異，這不但是解釋嚴書之失，也是對杜甫誤解一個例子。杜甫雖以學勝，但其才力過人也是不能否認的，後人以杜可學，李不可學，以李之才高。實際上是因爲李之法無跡可尋，後學只能學杜，且只能學杜之法，何嘗學得了杜之「才」？葉燮《原詩》云：「夫才者，諸法之蘊隆發現處也。」、「夫於人之所不能知，而惟我有

〔註47〕 郭紹虞《滄浪詩話校釋》，東昇出版社，頁156。
〔註48〕 朱任生《杜詩句法舉隅》中華書局，頁2。
〔註49〕 趙翼《甌北詩話》卷二，收在《百種詩話類編》，藝文版，頁398。
〔註50〕 嚴羽《滄浪詩話》，見郭紹虞校釋本，東昇出版社，頁153。

才能知之；於人之所不能言，而惟我有才能言之，縱其心思之氳氳磅礡，上下縱橫，凡六合以內外，皆不得圍之。以是措而爲文辭，而至理存焉，萬事準焉，深情托焉，是之謂有才。」〔註51〕執是論之，則杜之「才」，能蘊隆諸法，深情至理托焉，其高其大，絕不在李白之下。明胡應麟《詩藪》說：

> 李杜歌行雖沉鬱逸宕不同，然才大氣雄。〔註52〕

又說：

> 李杜二家，其才本無優劣，但工部體裁明密，有法可尋，
> 青蓮興會標舉，非學可至。〔註53〕

可見前人早已明辨李杜並才，不分高下的事實，汪瑗《杜律五言補注》曰：

> 太白之才生而安行者也，少陵之學知利行者也。〔註54〕

徐子能《而庵詩話》亦曰：

> 詩總不離乎才也，有天才、有地才、有人才。〔註55〕

這又更進一步說明李杜才質之不同，一是「天」才，一是「地」才，正如胡應麟所云「李如星懸日揭，照耀太虛；杜若地負海涵，包羅萬彙。」〔註56〕二者異質，卻同爲詩人之冠，難以軒輊分之。

　　我們費了很大的勁來詮釋「才」的意義，又不斷比較李杜，主要在透顯杜甫確實有著廣大深厚的才質，並有其特殊傾向，如地負海涵，既堅實又豐沛。就質與量來看，杜甫之才都足以使他蘊涵萬有，氣韻奔騰，而造成力上縱橫之勢。杜甫雖以「學」稱，但「才」之高，正是載「學」之基，他在詩人中能臻爲冠冕，完全要推原到他的才。無才則氣不盈，學不深；光是一再熟習，終只是訓練有素的次等詩人

〔註51〕 葉燮《原詩》，收於丁福保《清詩話》，明倫出版社，頁581。
〔註52〕 胡應麟《詩藪》外編，廣文書局，頁565。
〔註53〕 同上書，頁557。
〔註54〕 汪瑗《杜律五言補註》，大通書局，頁3。
〔註55〕 徐增《而菴詩話》，收在《清詩話》，丁福保編，明倫書局，頁427。
〔註56〕 胡應麟《詩藪》內編，廣文書局。

罷了。孟子也很重視「才」，他雖然說：「大匠誨人必然以規矩。」（告子篇）但也說：「梓匠輪輿，能與人規矩，不能使人巧。」（盡力篇），可見孟子重道藝的「學習」，也重道藝之「天才」。沒有巧「才」，縱有「規矩繩墨」也無法習得上乘之藝。

趙翼《甌北詩話》說杜甫，「深人無淺語」、「其筆力之豪勁又足以副其才思之所至。」〔註57〕可知杜詩能一唱三嘆，氣韻淋漓，全根源於「深入」之「才思」。杜甫的「才」是他詩學造詣的根本，也是他通向「頓挫」之風的起點，由這個起點透過「氣」韻，再輔以「學」、「習」，則「頓挫」之風便能充份而多姿地透顯出來。

二、氣

「氣」的觀念同「風格」一樣，也是由人物品鑒被申引入文學藝術中的一個「詞彙」。自曹丕典論論文云「文以氣為主」以後，「氣」便成了文學評賞中不可或缺的抽象語詞，但其概念往往隨使用者而變化，關於中國文學評賞中的「氣」，其意旨紛紜，我不去細論。此處只就《文心雕龍》所論「體性」中的「氣」來看。

氣與才是相為表裡的，內積之才發而為氣，才廣則氣可雄，才大則氣可高，才氣可以說是體性中的兩個質素，二者雖為一體，卻不同層次，一般常以「才氣」合論，實際上，彥和分論「才」、「氣」、「學」、「習」，自然四者都各有其不同範疇。

就文學創作來說，風格決定於作者的造詣，造詣中以其「才」為先，才能蘊集於作者一身，其表現要通過「氣」，作者的想像力、觀念、情感、生命、質性等需資藉「氣」，方能注入作品中。徐復觀《中國藝術精神》也說：「在文學藝術中所說的氣，實際是經裝載上了觀念、感情、想像力的氣。」〔註58〕這樣的氣，便有兩層內涵，一是作者本然的生理的作用力，跟天稟有很大的關係，一是作者修養所得的

<hr>

〔註57〕 趙翼《甌北詩話》，見《中種詩話類編》，藝文版，頁398。
〔註58〕 徐復觀《中國藝術精神》，學生書局，頁164。

精神的變化力，這是後天修養而進入生命個體內質的外發力。這兩種「力」即「氣」之全質，是在「才」的基礎上所建立起來的作者精神氣韻，也就是頓挫的主體。當然，這個主體是憑藉「才」的蘊育與「學」、「習」的涵養、表現，才能酣暢淋漓。

　　「氣」有各種不同的姿貌、長短、強弱、清濁、剛柔，因人而異。如雲行水流一樣，有流動之勢，變化之力，存於作者之體性，發於作者之語文。愈是盈滿壯盛的氣，愈能奔流不竭，且能隨作者才性之按捺、收放，而或強或弱，或高或低，或快或慢，或多或少地呈現。因此，古人主張爲文必先養氣，便是在增強氣韻，使之生動自如，臻於高度的詩學造詣。雖然曹丕說：「文以氣爲主，氣之清濁有體，不可力強而致。……，雖在父兄，不能以移子弟。」〔註59〕但是這種氣只在本然的生理層次，與此處劉勰體性論之氣不同，這種體性中的氣，同「才」一樣是先天與後天結合而爲作者生命內質者，是「內在」的，但不是「先天」的。〔註60〕故氣是可以持養的，孟子早已說過「我善吾浩然之氣」〔註61〕，明宋濂說：「爲文必在養氣，與天地同。」〔註62〕，歸有光亦云：「爲文必在養氣，氣充於內，而文溢於外。」〔註63〕爲了持養充盈之氣，內省的修養，與讀萬卷書，行萬里路的功夫是必要的。

　　杜甫一生之挫拆慘巨，漂泊天地間，又讀書破萬卷，其氣之盈滿壯盛，是絕無疑問的。這種壯氣發爲頓挫之勢，於語文自然也能頓挫有姿。張戒《歲寒堂詩話》說：

〔註59〕　曹丕《典論論文》，見《評註昭明文選》，學海版，頁989。
〔註60〕　文心雕龍論「體性」，分出才、氣、學、習，而「才、氣」是內在的，「學、習」是外在的，一般人以爲「才、氣」是先天的，「學、習」是後天的，這點在文前論「才」的部份已作析辨。廖蔚卿《六朝文論》聯經版，頁190。詹鍈《文心雕龍的風格學》，木鐸版，頁6，都做內外之說。
〔註61〕　《孟子・公孫丑上》，十三經注疏本，藝文版，頁54。
〔註62〕　宋濂〈文原〉下，見《宋學士全集》，頁25。
〔註63〕　見《歸震川全集》，世界書局。

杜子美詩專以氣勝。〔註64〕

方東樹《昭昧詹言》說：

> 大約飛揚崱屼之氣，崢嶸飛動之勢，一氣噴薄，真味盎然，沉鬱頓挫，蒼涼悲壯，隨意下筆，而皆具元氣，讀之而無不感動心脾者杜公也。〔註65〕

宋犖《漫堂說詩》說：

> 天地元氣之奧，至少陵而盡發之，允爲集大成之聖。〔註66〕

吳聿《樹萱錄》說：

> 杜工部詩，世傳體氣高峭，如爽鶻摩霄，駿馬絕地。〔註67〕

王安石《杜甫畫像》說：

> 吾觀少陵詩，爲與元氣侔，力能排天斡九地，壯顏毅色不可求。〔註68〕

由上可知，歷來詩論家，莫不盛讚杜公之「氣」盛，盈滿天地。杜詩中「星垂平野闊，月湧大江流」（〈旅夜書懷〉）「江間波浪兼天湧，塞上風雲接地陰」（〈秋興八首〉之一）、「吳楚東南坼，乾坤日夜浮」（〈登岳陽樓〉）「無邊落木蕭蕭下，不盡長江滾滾來」（〈登高〉）……都是些氣魄過人的詩句。宋施德操《北窗炙輠》說：「子美讀盡天下書，識盡萬物理，天地造化，古今事物，盤礴鬱積於胸中，浩乎無不載，遇事一觸輒發之於詩。」〔註69〕這便是指著杜甫載負的壯氣。

氣與音韻是最自然的結合，載氣行氣，在語文上便能產生頓挫之勢。羅根澤說：「文氣是最自然的音律」〔註70〕，氣之頓挫變化，能形成語文音節的頓挫變化，同理也能形成章法的頓挫變化，故而波瀾壯闊，曼妙多姿。胡仔《苕溪漁隱叢話》引呂居仁《與曾吉甫論詩》

〔註64〕 張戒《歲寒堂詩話》，收於丁仲祜《續歷代詩話》，藝文印書館。
〔註65〕 方東樹《昭昧詹言》，廣文書局，頁3。
〔註66〕 宋犖《漫堂說詩》見《百種詩話類編》，藝文版，頁384。
〔註67〕 吳聿《樹萱錄》，見《杜甫卷》，源流出版社，頁564。
〔註68〕 王安石〈杜甫畫像〉詩，同上書，頁80。
〔註69〕 施德操《北窗炙輠》，同上書，頁297。
〔註70〕 羅根澤《中國文學批評史》，魏晉六朝文學批評，學海書局，頁42。

曰：「欲波瀾之瀾去，須於規摹令大，涵養吾氣而後可。」〔註71〕可知波瀾之形成全賴乎「氣」，頓挫之姿，也就是「氣」的變化。

三、學

《東皋雜錄》云：

有問荊公：「老杜詩，何故妙絕古今？」公曰：「老杜固嘗言之：讀書破萬卷，下筆如有神。」〔註72〕

這段問答全從學力上看杜詩之所以妙絕古今。老杜的學力精湛，往往使人只在此處著眼，實際上他的才是無可否認的。然而學可以增才養氣，與才氣密切相關。唐柳冕主張「盡養才之道，增作者之氣」〔註73〕，近人朱光潛也說：「天才都要有人才來完成，在文藝方面尤是如此。」〔註74〕，可見「學」養之重要。在百工技藝如此，在文藝、詩學上，更是如此。李艾山《秋星閣詩話》說到「學詩八字訣」，即以多讀為第一，他說：「讀書非為詩也，而學詩不可不讀書。詩須識高而非讀書則識不高，詩須力厚，而非讀書則才不厚，詩須學富，而非讀書則學不當。」〔註75〕袁簡齋《續詩品》主張「博習」，也說：「萬卷山積，一篇吟成。詩之與書，有情無情，鐘鼓非樂，捨之何鳴？」〔註76〕可見讀書與詩之關係。讀書即學，學之深淺厚薄，關乎造詣之高低優劣。當然，「學」的範疇不止於讀書，生活閱歷，山川見識，都包括在內。

杜詩之所以「頓挫」有致，是學力蘊蓄於胸的結果，我們可從杜甫讀書、遊歷、生活歷鍊三方面來看：

（一）讀萬卷書

杜甫用功極勤，博覽群書，積富胸臆，他自述說「讀書破萬卷，

〔註71〕　胡仔《苕溪漁隱叢話》後集，長安出版社。
〔註72〕　同上書，頁29。
〔註73〕　柳冕〈答楊中丞書〉，收於羅聯添主編《唐代文學史參考資料》，成文出版社，頁131。
〔註74〕　朱光潛《文藝心理學》，開明書局，頁223。
〔註75〕　李沂《秋星閣詩話》，收於丁福保《清詩話》，明倫出版社，頁915。
〔註76〕　袁枚《續詩品》，收於丁福保《清詩話》，明倫版，頁1029。

下筆如有神。」(〈奉贈韋左丞丈二十二韻〉)可見他作詩得力於讀書，歷來詩家對杜老這種讀破萬卷書，廣涉群籍的工力也極為推讚。宋王琪《杜工部集後記》云：

> 子美博聞稽古，其用事非老儒博士罕知其自出。〔註77〕

嚴羽《滄浪詩話》說：

> 少陵憲章漢魏，而取材于六經。〔註78〕

宋郭思云：

> 老杜於詩學，世以為前無古人，後無來者，然觀其詩，大率宗法《文選》，擴其菁髓，旁羅曲探，咀嚼為我。〔註79〕

清畢沅在《杜詩鏡銓》序亦云：

> 公眠起於盛唐，紹承家學，其詩發源於三百篇及楚騷漢魏樂府，吸群書之芳潤，擷百代之精英，抒寫胷臆，鎔鑄偉辭，以鴻博絕麗之學，自成一家言。〔註80〕

前人不止盛嚐杜公博讀群書，更一一指出其得力於六經、詩騷、漢魏樂府、文選……等。杜公讀書破萬卷，洵不虛言。

杜甫有如此豐厚的學問積貯胸中，自然能隨筆頓挫，無施不可，有其汪洋浩渺之勢。范晞文《對牀夜話》說：「老杜云『讀書破萬卷，下筆如有神』，讀書而至破萬卷，則抑揚上下，何施不可，非謂以萬卷之書為詩也。」〔註81〕宋葛常之《韻語陽秋》卷一說：「欲下筆，當自讀書始。」因為，不讀書「其源不長，其流不遠，則波瀾不至於汪洋浩渺。」〔註82〕可見，讀書對於「頓挫」的幫助極大。書中有天地至理，存乎胸臆則成精神氣韻，施諸語文則成姿采神貌，書是助成

〔註77〕 王琪《杜工部集後記》，收於《杜甫卷》，源流出版社，頁73。
〔註78〕 嚴羽《滄浪詩話》，具郭紹虞校釋本，東昇出版社，頁157。
〔註79〕 見胡仔《苕溪漁隱叢話》前集卷九，引《瑤溪集》，長安出版社，頁56。
〔註80〕 見楊倫《杜詩鏡銓》，華正書局，頁9。
〔註81〕 范晞文《對牀夜話》，收於《杜甫卷》，源流出版社，頁979。
〔註82〕 葛立方《韻語陽秋》，收於《歷代詩話》，清何文煥輯，漢京文化事業有限公司，頁478。

杜老「頓挫」有致的一大因素。

（二）行萬里路

　　讀萬卷書之餘，須行萬里路，目覩山川之盛，親歷人事之境，可以助益胸襟氣度的開闊，杜甫早年即游歷三晉、吳越。據學海出版社所編的《杜甫年譜》考定，杜甫十四歲時即出遊翰墨場，與岐王範、崔尚、魏啓心、李龜年等同遊。十九歲北遊三晉，二十歲南下吳越，過金陵，下姑蘇，渡浙江，泛剡溪。〔註83〕飽覽南朝地理文物的杜甫，胸中早已有恢閎的丘壑了。二十五歲開始遊跡齊趙，廣歷天下名山大川，眼界開拓，胸襟充實，寫下許多氣象閎潤的詩篇如〈遊龍門奉先寺〉、〈登袞州城樓〉、〈望嶽〉等「浮雲連海岱，平野入青徐」、「盪胸生層雲，決眥入飛鳥」，雄峻的山陵，廣潤的平野，蔚積成杜甫壯濶的氣韻。

　　安史亂起，杜甫便開始一連串流離漂蕩的日子，如避亂鄜州，潛行鳳翔，貶走華州、投荒入秦、定居成都、往走東川、漂泊劍南、寄居夔州，最後老死湖湘等，杜甫「飢走九州」，足跡遍南北，他詩中貫用「乾坤」、「天地」等字眼，有著一股浩渺的氣度，可見行萬里路增益了杜公的胸懷，爲他的詩添注一股浩蕩之氣。

　　《文心雕龍・物色篇》說：「若乃山林皋壤，實文思之奧府」〔註84〕，山林助長文思，江山增益氣勢，是毫無疑義的，杜公有名的秦州紀行詩〈赤谷〉、〈鐵堂峽〉、〈塩井〉……等廿四首，便是山川添注文氣的具體說明。杜甫從秦州赴同谷，再由同谷入成都的這段路程，艱難阻絕，無以倫比，所謂「硤形藏堂隍，壁色立積鐵」（〈鐵堂峽〉）「林迴峽角來，天窄壁面削，溪西五里石，奮怒向我落」（〈青陽峽〉），杜甫在熊咆虎號的山林中穿梭，險峭陡石，急湍怒水，積蓄成他心中翻湧的氣韻，使他如得天助，下筆酣暢有致，隨著渾淪窈冥的

〔註83〕見《杜甫年譜》，學海書局，頁9。
〔註84〕見《文心雕龍》，范文瀾注本，學海書局，頁693。

山勢川流，而元氣迴環，心緒頓挫。吳瞻泰評〈萬丈潭〉說：「結四句又故為頓挫，作進步法。」評〈飛仙閣〉說：「結四句，一開一閣，抑揚頓挫。」〔註85〕清顧嗣立《寒廳詩話》引俞犀月之言曰：「少陵五言古詩，發秦州、鳳凰台、發同谷縣至成都府，各十二首，爭奇競秀，極沉鬱頓挫之致。」〔註86〕這種成就都是行萬里路，得江山之助所致。

吳可《藏海詩話》說：「書史蓄胸中，而氣味入於冠裾，山川歷目前，而英靈助於文字。太史公南遊北涉，信非陡然，觀杜老壯遊云，東下姑蘇台，已具浮海航，到今有遺恨，不得窮扶桑，……其豪氣逸韻，可以想見。」〔註87〕是知杜公胸中逸氣頓挫，行萬里路是另一大因素。

（三）生活歷鍊

增廣見聞，厚積學識之外，生活歷鍊也是擴植作者胸臆，增長氣韻的要素。生活本是一部大書，內涵無窮，愈是複雜的生活，愈能淬礪精神氣韻，給予提升鼓舞的機會。古人說「詩窮而後工」，對於詩學的淬鍊，在窮厄的生活中尤得其良機。韓愈在荊潭唱和詩序說：「懽愉之辭難工，而窮苦之辭易好。」〔註88〕西哲柏拉圖也說：「飢餓為藝術之師。」〔註89〕窮厄的生活給詩人「苦其心志，勞其肋骨」（《孟子·告子篇下》）的機會，以鍛鍊其心靈空間，增強其生命韌力，下筆時便能氣韻充足，游刃有餘。

所謂窮厄包括很多方面，張健先生《「詩窮而後工」說之探究》提到：「窮的第一義諦是不得志於仕途，不能行其道於天下，用現代的語言說，該是事業上不得意。」〔註90〕除此外，「窮」也包括身體

〔註85〕 吳瞻泰《杜詩提要》卷三，大通書局，頁166。
〔註86〕 顧嗣立《寒廳詩話》，收於《百種詩話類編》，藝文版，頁385。
〔註87〕 吳可《藏海詩話》見丁仲祜《續歷代詩話》藝文版。
〔註88〕 韓愈〈荊潭唱和詩〉，見《韓昌黎詩繫年集釋》世界書局。
〔註89〕 見仰哲出版社印行之《西洋美學資料選集》。
〔註90〕 張健《中國文學批評論集》，天華出版社，頁30。

病痛，生活貧乏，心志不得申展等等，杜甫在這方面所受的歷鍊，是古今少有的，我在上節論「挫折」時已提及，此不贅述。他百病叢集的折騰，寄居求食的困乏、躋身要路之願無託、經世濟民之志受挫等等，這都是生活上最高的學問，這些歷鍊匯集成杜甫剛韌之精神，使他在詩作上成就獨高，頓挫之風於寓焉。

文學家必有相當的天才，同時也必有相當的學力，杜甫學貫古今又行走名山大川，歷受生活困厄，在學的功夫上獨有其厚，無怪乎他能氣勢磅礡，古今無人與匹。即使後人造詣精湛，筆力頓宕如退之、山谷，也無法企及杜詩多姿的頓挫風貌。

四、習

習與學同是外力，但「習」是「學」的再鍛鍊，群籍入胸，山川會粹，還需習以出之，孔子說：「學而時習之」，便是此意。在情志上，杜甫學聖人胸襟，需不斷熟「習」以變化胸臆，凝聚氣韻；在詩藝技巧上，杜甫參酌的六經史籍、風騷樂府，也需勤「習」訓練，化成自己創作的各種詩法。沒有「習」的功夫，「學」還不能完足。朱光潛論文藝必具的三大人力為：（一）蓄積關於媒介的知識，（二）模倣傳達的技巧，（三）作品的鍛鍊。〔註91〕這三者很適合資以說明「學」與「習」的關係。收集知識，蓄積知識，是「學」，但知而不能用，於創作上亦屬枉然，故需模倣技巧，鍛鍊文字，以達到知之用之，充分完成學的目的，這便賴於「習」。但，「習」尚有一種非自覺的內涵，即社會環境、習俗之陶染，這是彥和所謂「習有雅鄭」之義〔註92〕，環境時代的影響，我們在人格世界，或上述才、氣、學中都已屢屢提到，此處只就杜甫自覺的鍛鍊功夫來談。

杜甫在〈偶題〉中說「文章千古事，得失寸心知」，可見得他對

〔註91〕 朱光潛《文藝心理學》，開明書局，頁223。
〔註92〕 廖蔚卿《六朝文論》第二章「劉勰的風格論」說：「習的含義即指社會環境的影響。」聯經出版，頁192。

詩文的重視與仔細。他在「習」的功力上是要求到「神」的境地，〈獨酌成詩〉說：「醉裏從爲客，詩成覺有神」，〈遊修覺寺〉說：「詩應有神助，吾得及春遊」，〈八哀詩〉說「揮翰綺繡揚，篇什若有神。」這「神」絕不是憑空可得，是他積一生困挫、覽天地初理、儲寶學之才的結果。杜甫早已熟習深翫各種人事道理、自然義蘊，這些內涵積存於胸中，成了他無可名狀的「神」力，下筆時才能揮動摧溟倖，有著內蘊的精神及頓挫的美姿。

當然，除了人事至理的玩味體悟外，語文能力的訓練也是達到「神」力必具的條件。杜甫在這方面頗爲用心，他特重造句、鍊字、律法等。

　　爲人性僻躭佳句，語不驚人死不休。（〈江上值水如海勢聊短述〉）
　　晚節漸於詩律細（〈遣悶戲呈路十九曹長〉）

可見得他對用字、章法、音韻等方法的講求。他以古人爲詩，以今人爲友，不斷地習練，「李陵蘇武是吾師，孟子論文更不疑。」（〈解悶〉）「別裁僞體親風雅，轉益多師是汝師。」、「不薄今人愛古人，清詞麗句必爲鄰。」（〈戲爲六絕〉），可見他謙和博習的態度。

後人對杜甫在語文上精習的功夫推許有加，黃山谷，元遺山說他「無一字無來處」〔註93〕，陳師道《後山詩話》引黃魯直云：「杜之詩法出審言，句法出庾信。」〔註94〕范元實《詩眼》曰：「杜甫律詩，布置法度，全學沈佺期。」〔註95〕從這些蛛絲馬跡的推尋，我們可以知道杜甫功夫之深與鍛鍊之勤，他對於經史左傳及古人用字、句法、詩律、筆法，無一不仔細推敲，融爲己有。

由於杜甫對人事至理的玩味與語文能力的訓練，我們了解杜甫在「習」的致力，是精神氣韻與文字技巧兼重。〈解悶〉說「陶冶性靈存底物，新詩改罷自長吟。」上句說性靈的存養，下句說語文的鍛鍊。

〔註93〕 元遺山〈杜詩學引〉，見《遺山先生文集》，商務印書館，頁22。
〔註94〕 陳師道《後山詩話》，收於何文渙《歷代詩話》，漢京版，頁303。
〔註95〕 范元實《詩眼》，收於《百種詩話類編》，藝文版，頁338。

「孰知二謝將能事，頗學陰何苦用心。」也是想要以二謝之性靈而兼學陰何之苦詣。〔註96〕清趙翼《甌北詩話》認爲，少陵眞本領在「語不驚人死不休」一句，他說：「蓋其思力沉厚，他人不過說到七八分者，少陵必說到十分，甚至有十二三分者，其筆力之豪勁又足以副其才思之所至。」〔註97〕所謂「才思」、「筆力」便是這兩層鍛鍊的成果。方東樹《昭昧詹言》說：「杜（韓）盡讀萬卷書，其志深以稷契周孔爲心，又於古人詩文變態萬方，無不融會於胸中，而以其不世出之筆力變化出之。」〔註98〕方氏所論的「志氣」與「筆力」也是習的兩層內容。「事出於沉思，義歸乎翰藻」，杜甫在習的功夫上使整個詩學造詣臻於上乘，不但創作者具充足的精神氣韻，於作品上也能透顯十分，充分表露其精神內涵。

　　「才」、「氣」、「學」、「習」組成作者的個性，凝爲作者創作時的精神面貌，杜詩以「頓挫」之風載譽後世，主要在於他的「才」、「氣」、「學」、「習」較一般人深厚，也就是他的詩學造詣較一般人高妙，我們從上述可知其「才」之廣，涵茹天地，其「氣」之長，雄視百代，其「學」之厚，縱貫古今，其「習」之深兼及文情，這樣圓融深貯的詩藝，其頓挫之風也就出眾人之上，爲千古之師。

〔註96〕翁方綱《石洲詩話》曰：「似乎公之自命，乃欲兼而有之，亦初非眞學陰何，亦初非眞自許爲二謝也，正須善會。」木鐸出版社，頁49。
〔註97〕趙翼《甌北詩話》，見《百種詩話類編》，藝文版，頁398。
〔註98〕方東樹《昭昧詹言》，廣文書局，頁3。

第四章　杜詩沉鬱頓挫之藝術特質

　　風格之成因繫乎「作者」，風格之美感存在於「作品」；作者的探究已論述於前，作品的分析，也就是文學藝術的本質研究，將在本章繼續討論。

　　誠如劉若愚先生所言，「文學批評家的職責是判定文學價值」〔註1〕，高友工先生也說，「文學批評」不同於「文學研究」，它是一種「純粹的美感活動」〔註2〕，因此，分析作品藝術首重於價值的剖析與美感的呈現，價值是多元的，不限於道德層次，美感是流動的，不限於悲壯或幽美。二者是一個綜合的有機體，一般稱之為「境界」。對於詩來說，詩中的「境界」是詩人整體意識的凝塑，好的詩，能引我們看見某些事物，感覺某些情感，沈思某些人生問題，故，作品研究之終極目的在歸納出各種「境界」。

　　然而，詩是一種語言藝術，無可避免地，我們必須通過語言媒介才能進入詩中的境界。尤其，中國詩的語言，有其一定的形式，詩人必須在字數、押韻、平仄格律的限制制下尋索適當的字句、音韻與意象來表達內心的情志。古人講詩重在「鍊字」、「鍛句」、「裁章」、「謀篇」、「審音」、「辨律」等，也就是資藉語言表達精神的種種方式。故

〔註1〕　劉若愚《中國詩學》，杜國清譯，幼獅出版社，頁139。
〔註2〕　高友工〈文學研究的理論基礎〉一文。《中外文學》七卷七期，頁19。

而語言的解析，是作品研究的初步工作。

本章對於杜詩「沉鬱」與「頓挫」之藝術特質即分就「語言」、「境界」兩個層次來探尋。

第一節　沉鬱的語言

中國詩是一種高度精鍊的語言藝術，在有限的字數與格律下，如何運用語言來展現詩人內心的情志，頗需要一番揀選與淬鍊。《詩人玉屑》引「金針格」曰：「煉句不如煉字，煉字不如煉意，煉意不如煉格，以聲律爲竅，物象爲骨，意格爲髓。」﹝註3﹞可見古人作詩時在語言上之講求。荊公「春風又綠江南岸」，一「綠」字幾經改動才擇定，賈島「僧敲月下門」，一「敲」字屢費思慮，成爲古今推敲字句的佳話，這些都可看出古人選取「語言」的審愼態度。只有適當的語言才能充分表達出作者心中的情志。

從現代心理學的角度來看，視覺上，語言色彩之明亮與灰暗，透顯暢快與陰鬱之不同心緒；聽覺上，人喜而歌，哀而號，聲音也代表者不同的情感；佛萊（Frye）的「基型論」認爲「黎明、春天」象徵「誕生時期」，「日落、秋天」象徵「死亡時期」﹝註4﹞。這種色彩、聲情、基型的分析方法，與語言之心理意象也有著相當的關係。

分析杜詩沉鬱的語言本應從兩方面著手，一則就鍊字、命意等，探視「反言見意」、「言外見意」等含蓄頓挫的手法。因爲沉鬱的語言需資藉頓挫之按壓、迴折，方能顯出悲情深貯的韻味。一則就聲情、色調、語類、象徵等，探視心理意象的表現方式。因爲意象是直接呈露悲情的媒介。然而，由於頓挫的語言我們有專節討論，故此處只就後者析論之。但文前我們必須有一點認識：色彩、聲音等語言，只是

﹝註 3﹞　魏慶之《詩人玉屑》卷八，商務印書館，頁 142。

﹝註 4﹞　黃維樑〈春的悅豫和秋的陰沉〉一文，見《古典文學第七集》學生書局，頁 345。

情志意象之輔助，而非情志意象之主宰，眞正決定沉鬱之關鍵全在義蘊，而非色彩、聲音，這種分析方法，只是幫助了解沉鬱的語言義蘊而已。

一、語類悲涼哀愴

傳統文評中有「實字」、「虛字」之說。「實字」是意象的基本來源，它有具體相應之物象與景象，能使人產生意義與概念。「實字」通常以「名詞」爲主，配以「形容詞」，而有更顯明的意象，如花月、風雨、山河、疾病、紅綠等，近人馮鍾芸稱之爲「實體字」認爲它是「表示具體事物的內容，而能引起印象與聯想的。」〔註5〕黃師永武則以實體字可使「語句自然凝鍊壯健」〔註6〕，可見「實字」是詩中意象的基礎。

在很多實字中，意象相近，聯想相類者，爲相同語類，相同的語類產生相同的意象與概念，可使我們進一步窺得作者的心態及詩中之境界。例如「玉臂」、「春皇」、「纖月」、「粉藥」、「細雨」、「翠帷」、「橫笛」等，能予人細緻幽美的感覺，便同屬幽美的語類，「萬里」、「大江」、「天地」、「乾坤」、「吳楚」、「大旗」、「長風」等詞，能予人空濶壯美的感受，便同屬壯美的語類。

杜詩「沉鬱」的風格主要以含蓄、悲壯的情感爲主體，故其語言中亦多悲涼哀愴的語類。

例如：

> 香霧雲鬟濕，清輝玉臂寒。
> 何時倚虛幌，雙照淚痕乾。（〈月夜〉）
> 回首叫虞舜，蒼梧雲正愁。
> 黃鵠去不息，哀鳴何所投。（〈同諸公登慈恩寺塔〉）
> 五湖復浩蕩，歲暮有餘愁。（〈幽人〉）

〔註5〕　馮鍾芸「論杜詩的用字」一文，見《杜甫研究論文集》第一輯，北平中華書局，頁206。

〔註6〕　黃師永武《字句鍛鍊法》，商務印書館，頁103。

銅瓶未失水，百丈有哀音。

側想美人意，應悲寒瑩沉。（〈銅瓶〉）

窮年憂黎元，歎息腸內熱。

沉飲聊自遣，放歌破愁絕。

吾寧捨一哀。里巷亦鳴咽。（〈自京赴奉先縣詠懷五首字〉）

憂來藉草坐，浩歌淚盈把。（〈玉華宮〉）

寂寥開國日，流恨滿山隅。（〈行次昭陵〉）

哀猿啼一聲，客淚迸林藪。（〈九成宮〉）

向來憂國淚，寂寞灑衣巾。（〈謁先主廟〉）

賈生骨已朽，悽惻近長河。（〈入喬口〉）

嗚呼一歌兮歌已哀，悲風為我從天來。（〈同谷七歌〉之一）

此時與子空歸來，男呻女吟四壁靜。

嗚呼二歌兮歌始放，閭里為我色惆悵。（〈同谷七歌〉之二）

兵戈不見老萊衣。嘆息人間萬事非。（〈送韓十四江東省覲〉）

玉露凋傷楓樹林，巫山巫峽氣蕭森。

叢菊兩開他日淚，孤舟一繫故園心。（〈秋興八首〉之一）

聽猿實下三聲淚，奉使虛隨八月槎。

畫省香爐違伏枕，山樓粉堞隱悲笳。（〈秋興八首〉之二）

聞道長安似奕棋，百年世事不勝悲。

魚龍寂寞秋江冷，故國平居有所思。（〈秋興八首〉之四）

花萼夾城通御氣，芙蓉小苑入邊愁。（〈秋興八首〉之六）

綵筆昔曾干氣象，白頭今望苦低垂。（〈秋興八首〉之八）

悵望千秋一灑淚，蕭條異代不同時。（〈詠懷古蹟五首〉之二）

千載琵琶作胡語，分明怨恨曲中論。（〈詠懷古蹟五首〉之三）

見人慘澹若哀訴，失主錯莫無晶光。（〈瘦馬行〉）

落落盤踞雖得地，冥冥孤高多烈風。（〈古柏行〉）

曲江蕭條秋氣高，菱荷枯折隨風濤，遊子空嗟垂二毛。

白石素沙亦相蕩，哀鴻獨叫求其曹。

人生有情淚沾臆，江草江花豈終極。（〈曲江三章〉之一）

五更鼓角聲悲壯，三峽星河影動搖。

野哭千家聞戰伐，夷歌幾處起漁樵。

臥龍躍馬終黃土，人事音書漫寂寥。(〈閣夜〉)

杜甫一生潦倒，流離困頓，壯志難酬，他的心境經常沉鬱不暢，詩中「哀」、「鳴」、「涕」、「淚」、「悲」、「愁」、「嘆息」、「憂虞」、「幽咽」、「嗚咽」、「悽惻」的字眼一再重現，顯見他哀愴至極的心情。「濕」、「冷」、「寒」、「沉」、「凋傷」、「蕭森」、「蕭瑟」、「恍惚」、「寂寞」、「漠漠」、「遲遲」、「冥冥」等清冷的語彙，更襯出他內心的悲涼無奈。這些語類是杜詩「沉鬱」之風的直接意象，讓人強烈地感受到杜甫心中一片凝鬱的哀情。

二、色調灰暗空濛

古人常說：「詩中有畫」，圖畫屬視覺藝術，顏色占重要成分，詩欲如畫，除了景物的摹刻外，顏色的設置是重要環節。《文心雕龍》「情采篇」說：「敷寫器象，鏤心鳥迹之中，織辭魚網之上，其為彪炳，縟采名矣。」〔註7〕又說：「使文不滅質，博不溺心，正彩耀乎朱藍，間色屏於紅紫，乃可謂雕琢其章，彬彬君子矣。」〔註8〕可見塗敷顏色，以切合外界景物及內在心境，是詩文中不可忽視的工作。

近代的美學家及心理學家都強調顏色的作用，朱光潛綜合西方拉塔（Latta）、文齊（Winch）等色彩學家的實驗結果說：「顏色的偏好一半起於生理作用，一半起於心理作用」。〔註9〕，黃師永武認為色彩是詩人性格、心情、年齡等等的反映〔註10〕。故而，從詩中的色彩我們不只可以透視到一幅生動的畫面，還能追索出詩人內在的心靈活動。

杜甫在鋪彩摛文時，常利用色彩來表達他內心的情思，杜詩中融有大量的色彩字，是後人學習的重心之一。近人孫克寬將杜詩之色彩分為「穠麗」、「雅淡」、「明秀」、「灰暗」四類，其中灰暗一類頗能烘

〔註7〕劉勰《文心雕龍》，情采篇，學海書局，頁537。
〔註8〕同上，頁539。
〔註9〕朱光潛《文藝心理學》，開明書局，頁305。
〔註10〕黃師永武《詩與美》，洪範書局，頁54～71。

托出杜甫沉鬱之情。他說：「此類色調杜詩最多，所以讀杜詩往往感受到一種悲涼沉鬱的氣象」，〔註11〕黃師永武說：「青（藍）與紫都有憂鬱冷酷的感覺」、「紫色與黑色並比成暗色時，則有陰沉，迷信感，或暗示隱藏著災難，固有的憂鬱感會被強調出來。」又說：「杜甫⋯⋯一寫到眼前的潦倒，繽紛的色彩隨即不見了，『途窮反遭俗眼白』、『龍媒去盡鳥呼風』等灰白空濛的現實色彩，適足衷出低落的情緒。」〔註12〕我們綜看杜詩所有沉鬱之作，也確實有著灰暗空濛的色調傾向。例如：

> 魂來楓林青，魂返關寒黑。（〈夢李白二首〉之一）
>
> 雨急青楓暮，雲深黑水遙。（〈歸夢〉）

二詩同以「青」、「黑」二色字渲染出一片蕭森景象。〈夢李白〉中杜公對李白魂魄牽縈，迷離恍惚。〈歸夢〉中杜公夢歸故土，魂羈楚湘，二者同樣將一腔執著的心緒化為夢中魂影，故而敷色慘黯，凝住愁鬱。再如：

> 黃蒿古城雲不開，白狐跳梁黃狐立。（〈同谷七歌〉之五）
>
> 波漂菰米沉雲黑，露冷蓮房墜粉紅。（〈秋興八首〉之七）
>
> 白摧朽骨龍虎死，黑入太陰雷雨垂。（〈戲為韋偃雙松圖歌〉）
>
> 一去紫臺連朔漢，獨留青塚向黃昏。（〈詠懷古跡五首〉之三）

這些詩句中杜公刻意著上濃重的色字，極力摹寫心境之悲涼。「黃蒿」古城，「白狐」跳梁，雖用明麗字，色調卻極荒涼淒慘，「沉雲黑」、「墜粉紅」也是一片蒼涼零落的景象，「紫臺」、「朔漠」、「青塚」、「黃昏」空濛的色調無邊無垠地籠罩住作者孤寂無奈的心境。「白摧」、「黑入」二句，最是驚心動魄，刻意將色字孤立在字首，予人強烈的戟刺力。

然而，所謂色調灰暗空濛，指意象色彩而言，不限於「青」、「黑」、「灰」、「白」等色字。灰暗的色彩感，並不一定要直接鍊入灰暗的色彩字才能達成，「青藍與紫都有憂鬱之感」、「紫黑有陰沉之感」，這種說法未具全面的絕對性，我們只能透過色字輔助說明作者的情志，却

〔註11〕 孫克寬《杜詩欣賞》，學生書局，頁 69。

〔註12〕 黃師永武《詩與美》，洪範書局，頁 26、頁 27、頁 61。

不能利用色字直接臆斷作者的情志。而且色調之空濛灰暗也不一定要鍊入色彩字才能造成，有些時空景物的摹寫，不需色字就能造成一片灰濛的色調，例如：

> 落月滿屋梁，猶疑照顏色。（〈夢李白二首〉之一）
>
> 松柏瞻虛殿，塵沙立暝途。（〈行次昭陵〉）

〈夢李白〉中落月昏暗，顏色迷離，似眞如幻，境極恍惚。〈行次昭陵〉則以「虛殿」、「暝途」寫景物之暗淡，兩詩未著一色字，而顏色全出。又如：

> 落落盤踞雖得地，冥冥孤高多烈風。（〈古柏行〉）
>
> 蕭蕭古塞冷，漠漠秋雲低。（〈秦州雜詩二十首〉之十一）

「落落」、「冥冥」、「蕭蕭」、「漠漠」這些狀景的疊字，也都能充分顯出景象之灰暗與空濛。再如：

> 黎園弟子散如煙，女樂餘姿映寒日。（〈觀公孫大娘弟子舞劍器行〉）
>
> 生別展轉不相見，胡塵暗天道路長。（〈同谷七歌〉之三）
>
> 四山多風溪水急，寒雨颯颯枯樹濕。（〈同谷七歌〉之五）
>
> 江間波浪兼天湧，塞上風雲接地陰。（〈秋興八首〉之七）
>
> 昆吾御宿自逶迤，紫閣峰陰入渼陂。（〈秋興八首〉之八）

「煙」、「寒日」、「暗」、「寒雨」、「風雲」、「陰」等字，本身都帶有空濛的意象，因而能不著色字，自然凸顯出色彩感來。杜公就利用這些灰暗的色調，生動地烘托出一位仁者無奈的胸襟來。

三、聲情逼仄拗澀

從沈約四聲八病以來，審音辨律，被誤爲僵化的詩學模式，事實上，從詩樂同源的關點來看，《尚書‧虞書》曰：「詩言志，歌永言，聲依永，律和聲。」〔註13〕，朱子說：「言之所不能盡，而發於咨嗟咏歌之餘者，必有自然之音節而不能已，此詩之所由作也。」〔註14〕人

〔註13〕朱任生《詩論文類纂要》，商務印書館，頁1。

〔註14〕同上，頁4。

心感物生情,發而爲聲,音律與情志之關係自然相切,有其脈絡可尋。

人之情感常需資藉音韻來宣洩,外界的景物聲音也常在詩人觀照間被湊泊入詩,詩中實蘊涵豐富的聲籟。讀詩重在吟哦感悟,從語言音韻可以尋出詩中的天籟人籟。杜甫說「新詩改罷自長吟」便是這個道理。西人韋勒克亦云:「我們以爲,聲音與格律,必須當作藝術品整體之要素,而不能從『意義』中孤立起來研究。」〔註15〕故,研究詩之語言藝術不可不知唇吻間之聲情。

杜詩的聲情諧合,無論句式、用韻、平仄都有其獨到處,這裡我們特就其用仄字、仄韻、拗句以傳達逼仄拗澀之情者加以分析。

先就仄字言,仄聲較平聲富於變化,適合較強烈的情感,黃師永武說:「平聲和暢,上去纏綿,入聲迫切。」〔註16〕因此激憤,愁鬱的情感,用上去入等仄字愈能摹刻入神。杜甫在心境哽咽凝悲時,也常用到仄字。尤其是入聲字,聲聲碟裂,慘惻悽愴,例如〈春望〉一詩:

　　國破山河在,城春草木深,感時花濺淚,恨別鳥驚心。

　　烽火連三月,家書抵萬金,白頭搔更短,渾欲不勝簪。

起首便用入聲造成一片不和諧的音響,以下字字逼仄,「木」、「別」、「月」、「白」、「欲」許多入聲字,不斷暗示出悲惻感憤之情。又如〈同諸公登慈恩寺塔〉詩:

　　七星在北戶,河漢聲西流,義和鞭白日,少昊行清秋,

　　秦山忽破碎,涇渭不可求,惜哉瑤池飲,日晏崑崙丘,

　　黃鵠去不息,哀鳴何所投,君看隨陽雁,各有稻梁謀。

詩人仄聲,尤其入聲字,出現頻繁,聲音沉而促,情感之沉凝可知。

〈茅屋爲秋風所破歌〉:

　　嗚呼,何時眼前突兀見此屋,吾廬獨破受凍死亦足。

〈古柏行〉:

　　落落盤踞雖得地,冥冥孤高多烈風。

〔註15〕韋勒克和華倫《文學論》王夢鷗譯,志文出版社,頁278。
〔註16〕黃師永武《中國詩學》,設計篇,巨流圖書公司,頁181。

一連串的入聲、仄字，音沉氣促，正顯出詩人內心之沉重與苦悶。

《麓堂詩話》說：

> 杜子美好用側字，如「客有客字子美」七字皆側。「中夜起
> 坐萬感集」，六字側者尤多。「璧色立積鐵」、「業白出石壁」
> 至五字皆入而覺其滯。

又說：

> 五七言古詩仄韻者，上句末字類用平聲，惟杜子美多用仄，
> 如玉華宮、哀江頭，諸作概亦可見。其音調起伏頓挫，獨
> 爲矯健，似別出一格，回視純用平字者，便覺委弱無生氣。

〔註17〕

李東陽指出子美好用仄字，有連用仄字的句子，有仄韻詩出句末字亦
用仄字。這種詩句別出一格，頗能顯出一苦音。黃師永武析〈哀江頭〉
詩特別補充東陽之說云：

> 眾多的仄聲是將「吞聲哭」的情調輔助得很強烈，很成功。

〔註18〕

黃國彬〈論杜甫的詩〉也說：

> 在杜甫的詩中，入聲可以奏出奪魂摧心的不和諧音，效果
> 有點像史特拉汶斯基的音樂。〔註19〕

杜甫沉鬱的情感確實在其仄字入聲上得到很大的詮釋。

就仄韻言，杜詩中用入聲韻或其他仄韻者亦多能顯出悲情。如〈哀
江頭〉：

> 少陵野老吞聲哭，春日潛行曲江曲，江頭宮殿鎖千門，綠
> 柳新蒲爲誰綠。……

此詩承「哭」字而來，以入聲屋沃韻一韻到底。黃師永武說：「入聲有
吞聲哀咽的作用，這種音響加強了全詩如泣如訴的悲戚氣氛。」〔註20〕
此外，〈哀王孫〉、〈奉先詠懷〉、〈北征〉、〈青陽峽〉、〈石壕吏〉、〈夢李

〔註17〕 見臺靜農《百種詩話類編》（上），藝文印書館，頁364。
〔註18〕 見黃師永武〈艱危氣益〉一文，明道文藝五四期，頁134。
〔註19〕 黃國彬《中國三大詩人新論》，源流出版社，頁46。
〔註20〕 同註18，頁133。

白〉等。也都押入聲韻，與詩中沉痛鬱悒的情懷正相吻合。

仇兆鰲註〈鐵堂峽〉說：「入蜀諸章用仄韻居多，蓋逢陰峭之境，寫愁苦之詞，自不能爲平緩之調也。」所謂入蜀諸章，指秦州紀行的廿四首，這廿首中用仄韻的有十一首，描繪山水，宣洩間關流離的困厄，用仄韻適足以達之。其他如〈同谷七歌〉、〈述懷〉、〈九成宮〉、〈送樊二十三侍御赴漢中判官〉……等，亦用仄韻，聲情相成，皆造成聽覺上直接的感受。

就拗調言，律句中杜甫常打破格律，拗而不救，如：「年過半百不稱意」（〈暮歸〉）、「悵望千秋一灑淚」（〈詠懷古跡五首〉之二）、「且看欲盡花經眼，莫厭傷多酒入唇」（〈曲江二首〉之一）、「永夜角聲悲自語，中天夜色好誰看」（〈宿府〉）等，這些詩句拗澀失粘，或因情誤所致。

傅庚生說：「在若干律詩裡，杜甫還有意識地用拗句宣達心緒鬱結不舒的感情。」〔註21〕葉嘉瑩先生說：「杜甫……以拗折之筆，寫拗澀之情，夐然有獨往之致。」〔註22〕由諸家之見，拗句者杜公內心拂鬱艱苦之情必有相當的關係。我們再以一首通篇皆拗的杜詩，來看杜公這種別開生面的手法。

> 城尖徑仄旌旆愁，獨立縹緲之飛樓，
> 峽坼雲霾龍虎臥，江清日把黿鼉遊，
> 扶桑西枝對斷石，弱水東影水長流，
> 杖藜歎世者誰子，泣血迸空回白頭。（〈白帝城最高樓〉）

此詩首句「仄」、「旆」二字都是仄聲，一起即拗，摹寫出一片陰仄愁苦的情景。「立」、「緲」二字，聲律拗折，復著一「之」字，變律句爲歌行，「之飛樓」又三平落底，奇險中有蒼茫之悲慨。次聯「黿鼉遊」三平落底，腹聯「對斷石」三仄，「隨長流」三平，音節拗澀中

〔註21〕傅庚生〈沉鬱的風格，闊美的詩篇〉一文，見《杜甫研究論文集》三輯，北平中華書局，頁91。
〔註22〕葉嘉瑩《迦陵談詩》一，三民書局，頁103。

自有法度。末聯以「者」存一頓，蓄滿一腔歎世情懷，「泣血迸空」，愁澀至極。杜公聲情之逼仄拗澀與沉鬱之思致，真是妙合無間，成為詩法參合正變的最高表現。

四、物類典故人格化

物類常是詩人移情投志的直接對向，而典故則是詩人表達情意的最簡語言，欲知杜公如何宣達其沉鬱之思，這兩者是有力的語言意象。

先就物類言，杜甫在摹寫物類時常不知不覺地融入自己的思想與情慾，〈病柏〉寫受摧之柏，實隱含自己直節具傷之苦，〈促織〉寫蟲鳴之聲，實暗指自己久客之哀。方瑜先生說：「以詠物寄慨，兼書感懷，並雜議論，確為杜甫詠物詩的特色，秦州同谷時期詠物詩十六首，詠天河、初月、擣衣、歸燕、促織、螢火、蒹葭、苦所、除架、廢畦、夕烽、愁笛、空囊、病馬、蕃劍、銅瓶，大多以物喻人，寄託遙深。」〔註23〕我們從方先生的記述，可以看出杜甫所說的物類之多。除此而外杜甫所見所感之物尚為，無以勝數，且均能融入情志，或多或少地透顯出杜公的人格思想。

杜詩中最能透顯杜公人格思想，達到沉鬱之美的物類要算「馬」、「鷹」與「杜鵑」。「馬」在杜詩中有著極突出的象徵意義，黃師永武曾分析道：「杜甫筆下的馬，實有其特殊意義，馬行地無疆，剛健自強，自來是豪傑能臣的象徵。杜甫寫馬，強化了這種傳統意念，成為其特色之一。馬又關合著國勢，聯想及巡幸、開邊與戰亂，杜甫寫馬，每繁念著先帝玄宗，成為其特色之二。馬又馴良盡力，度砂歷雪，越過了千山萬水，忍受著畢生的蹭蹬，這與杜甫的一生身處攧頓顛躓之中而志氣彌厲，德行方面及遭遇方面多所類似，杜甫寫馬，常是自寫，有時以神駿自許，有時以病馬自嘲，成為其特色之三。」〔註24〕由此可知「馬」完

〔註23〕方瑜《杜甫夔州詩析論》，幼獅文化事業公司，頁 195。
〔註24〕黃師永武〈杜甫筆下的馬〉，見《中國詩學》思想篇，巨流圖書公司，頁 149。

全是杜公人格形象之代表，杜甫愛馬，詠馬有著極深的義蘊。

　　杜公詠馬之詩極多，除了通篇詠馬之外，以馬類比，摹例情志的詩句，多得不勝枚舉，以名稱言，就有「青驄」、「老驥」、「驊騮」、「老馬」、「翠驊」、「天馬」、「瘦馬」、「胡馬」、「玉腕騮」、「乘黃」、「駿馬」、「龍駒」、「騏驎」、「驊驥」、「玉花驄」、「鐵驪」……，名目之多，無以盡陳。我們只就幾首有名字的詠馬詩來看杜公如何將馬人格化。

　　　東郊瘦馬使我傷，骨骼硉兀如堵墻，
　　　……………………………………………
　　　當時歷塊誤一蹶，委棄非汝能周防，
　　　見人慘澹若哀情，失主錯莫無晶光，
　　　天寒遠放雁爲伴，日暮不收烏啄瘡，
　　　誰家且養願終惠，更試明年春草長。（〈瘦馬行〉）

這首詩作於乾元元年，杜公四十七歲，罷拾遺之職，遠貶華州司功，一種被棄落職，無處容身的感覺全藉一匹「官馬」硉兀消瘦，慘澹失主的景況傳達出來。〈病馬〉也是杜公人格與情感之投射：

　　　乘爾亦已久，天寒關塞深，
　　　塵中老盡力，歲晚病傷心。
　　　毛骨豈殊衆，馴良猶至今，
　　　物微意不淺，感動一沈吟。

「乘爾亦已久」一句，囊括了杜甫半生的奔波辛勞，「歲暮」與「病」襯出杜公之老邁淪落，「馴良」點出他忠厚的懷抱，此時馬即杜公，杜公即馬，其人格完全縉合一致。

　　除馬的意象外，「鷹」是杜公用以摹刻人格的重要物類。《碧溪詩話》卷二云：「杜集及馬與鷹甚多，亦屢用屬對。如『老驥倦知道，蒼鷹飢易馴』，『老驥思千里，飢鷹待一呼』……蓋其致遠壯心，未甘伏櫪，嫉惡剛腸，尤思排擊。」（註25）杜公筆下人格化的鷹，正代表自己「嫉惡懷剛腸」的個性及將相般的良才。〈王兵馬使二角鷹〉云：

──────────
〔註25〕見臺靜農《百種詩話類編》上，藝文印書館，頁328。

「安得爾輩開其群，驅出六合梟鸞分。」〈畫鷹〉云：「何當擊凡鳥，毛血灑平蕪」，〈醉歌行〉云：「天馬長鳴待駕馭，秋鷹振翮當雲霄。」等都可看出杜公的人格精神。

「鵑」是杜詩中較爲特殊的物類，它的意象，需藉《成都記》望帝死後魂化爲鳥，及《博物志》杜鵑生子，百鳥飼之的典故來完成。杜集中詠杜鵑詩凡三：〈杜鵑〉、〈杜鵑行〉（古時杜字稱望帝）、〈杜鵑行〉（君不見昔日蜀天子）。這些詩篇中都可看出杜公忠愛肫摰之心。葛常之《韻語陽秋》曰：「子美集中杜鵑詩行，凡三篇，皆以杜鵑比當時之君，而以哺雛之鳥，譏當時之臣，不能奉其君，曾百鳥之不若也。」〔註26〕杜鵑正是杜公忠忱的象徵。

就典故言，武侯事蜀之典，最能表達杜公的人格。梅祖麟和高友工先生論唐詩之典故時，認爲典故是「詩人當時的現身經驗與過去發生的史實」之類比。〔註27〕杜公寫武侯，正是類比人格，將自己忠愛不得知遇，垂老飄零，憂世自傷等心事，與孔明得知遇，志決身殲，壯志未酬之史實作一對照。我們從杜公詠武侯諸詩，可以看出其人格精神投射之軌跡。「功蓋三分國，名成八陣圖」（〈八陣圖〉）武侯的功業是杜公所崇拜的；「伯仲之間見伊呂，指揮若定失蕭曹」（〈詠懷古跡〉之五），武侯的才智是杜公所仰慕的；「運移漢祚終難復，志決身殲軍務勞」（同上），武侯的志節，是杜公所推崇的；「出師未捷身先死，長使英雄淚滿襟」（〈蜀相〉），武侯壯志未酬，是杜公所恨憾的。〈武侯廟〉、〈古柏行〉、〈諸葛廟〉、〈夔州歌十絕之九〉，篇篇摹寫義風凜然的孔明，感慨千載後的寂寥與淒涼，都是杜公人格的投影。

五、情感心志意象化

沉鬱的語言最大特色在「含蓄」，詩之含蓄手法極多，或反言見

〔註26〕同上，頁352。
〔註27〕見梅祖麟，高友工〈唐詩的語意研究，隱喻與典故〉一文，中外文學四卷九期，頁168。

意，如「夢魂歸未得，不用楚辭招」(〈歸夢〉)魂歸未得原需招魂，「不用」二字反襯其流離楚湘之苦；或言外見意，如「清渭無情極，愁時獨自東」(〈秦州雜詩〉之二)，言未及於鄉思，而羈孤思鄉之情已見於言外。這些手法或反襯或映照，總在吞吐收放間將哀情捺壓得更為深刻，而吞吐收放的含蓄語法屬頓挫範疇，我們留待「頓挫的語言」中再討論。此處只就「象外見意」論之。

　　利用景物，事態的意象來宣喻難言的情志，這是杜詩沉鬱的語言中極為深刻動人的筆法。歐立德所標舉的「意之象」(obfective correlative) 〔註28〕即這種「象外見意」的側筆技巧，張師夢機進一步將這種側筆技巧，析為「以客觀的事態見意」、「因具體的景象表情」兩型〔註29〕，我們循此兩類分析來看杜甫如何將內心的情感心志意象化。以事態見意的詩句如：

　　　　黃昏胡騎塵滿城，欲往城南望城北。(〈哀江頭〉)
　　　　夔府孤城落日斜，每依北斗望京華。(〈秋興八首〉之二)
　　　　今夜鄜州月，閨中只獨看。(〈月夜〉)
　　　　夜闌更秉燭，相對如夢寐。(〈羌村三首〉之一)

這些詩句中詩人只描敘客觀的行為或事實，却情志畢現，神韻全出。〈哀江頭〉中「欲往城南望城北」寫人在哀淒之下，心亂目迷，連方向都分辨不清，這種客觀事態，反襯出詩人內心憂君的情緒。〈秋興八首之二〉以「依北斗」、「望京華」表達詩人戀闕忠忱。〈月夜〉中，閨中獨自望月的妻子，正襯出詩人思念之深摯，〈羌村〉中秉燭相對的一幕使久別重逢的激情鬱鬱勃勃地湧現，數詩中不著一字，盡得風流，詩人的情志都被深微透徹地勾勒出來。

〔註28〕歐立德論〈意之象〉說：「表達情意的唯一藝術方法，便是找出意之象，即一組物象，一個情境，一連串事件；這些都會是表達該特別情意的公式。如此一來，這些訴諸感官經驗的外在事象出現時，該特別情意便馬上給喚引出來。」引文見黃維樑《中國詩學縱橫論》，洪範書局，頁140。

〔註29〕張師夢機〈傳統詩的側筆運用〉一文，見《歐波詩話》，漢光出版社，頁16。

以景象表情的詩句如：

> 玉露凋傷楓樹林，巫山巫峽氣蕭森，
> 江間波浪兼天湧，塞上風雲接地陰。（〈秋興八首〉之一）
> 黃牛峽靜灘聲轉，白馬江寒樹影稀。（〈送韓十四江東省覲〉）
> 關塞極天唯鳥道，江湖滿地一漁翁。（〈秋興八首〉之七）
> 五更鼓角聲悲壯，三峽星河影動搖。（〈閣夜〉）
> 清秋幕府井梧寒，獨宿江城蠟燭殘。（〈宿府〉）

這些詩句中，作者羅列景象，營構場景，內心悲涼的情緒已在景中自然流現。凋傷的楓樹林，蕭森的巫山巫峽，兼天湧動的波浪，接地陰霾的風雲，整個肅殺的秋景，已將杜甫羈旅悲悽的心緒宣洩得淋漓盡致，黃牛峽的灘聲，白馬江的樹影也在一「轉」一「稀」的融裁下，將杜老喪亂思鄉之感，呼出紙面。「關塞鳥道」、「江湖漁翁」、「鼓角悲壯」、「星河動搖」、「井梧清寒」、「蠟燭獨殘」，這些具體的景象全是杜甫心志的象徵，杜公用磅礡的氣象將心志情感意象化，這種渲染襯映的筆法，使沉鬱之美更臻於崇高與悲壯。

　　杜詩的語言技巧多端，美不勝收。其沉鬱的語言尤以意象為重，語類、聲韻、色彩、物類，全為塑造意象的基礎，杜甫以其悲鬱剛勇的人格，通過變化多姿的技巧，造成作品之內涵與形式上的高度結合。因此，我們展讀杜詩可以看到生動的畫面，可以聽出淒切悲苦的聲音，可以感受深沉鬱積的情愫，沉鬱之美也就資此而淋漓盡現。

第二節　沉鬱的境界

　　語言與境界，如形貌與靈魂，二者交相影響，構成藝術之整體，從語言我們可以透視詩之境界，從境界我們可以分析詩之語言。兩者所透顯出來的美，能引起我們聯想、移情、思辨而達到感性與知性綜合的心靈活動，藉著這種活動，可以擴展我們的心靈空間提升我們的人格境界。劉若愚說：「詩是不同的境界和語言的探索。」〔註30〕便

〔註30〕劉若愚《中國詩學》，幼獅文化，頁147。

是針對這種效用而言。看過杜詩語言之質，再來尋繹杜詩境界之美，將更有助於我抽離詩意，潛移默化，進入更高的人生思索。

杜詩一千四百餘首，泰半以「沉鬱」為統一基調，這種風格因著他對理想之執著，對生命之忠實，對人事之誠懇而產生，分析杜甫沉鬱的詩篇，我們可以獲得幾種崇高與壯美的境界：

一、蒼茫孤寂的氣象

一般以為杜詩是寫實的，詩之情感也是不離現實的，但葉嘉瑩先生說：「杜甫此八詩（〈秋興八首〉）所表現之內容，是一種『意象化之感情』，而非『現實之感情』」〔註31〕所謂「現實之感情」是拘於一事一物的感情，而經過綜合醞釀後的感情境界則是「意象化之感情」。我們比較「永夜角聲悲自語，中天月色好誰看」（〈宿府〉）與「窮年憂黎元，嘆息腸內熱」，（〈自京赴奉先詠懷〉）這兩類句子，便可發覺意象化情感，較質拙真率的呼號更富沉鬱之美。杜詩無疑地是精於意象摹刻的聖手，我們看他對色彩的營造，音韻的融塑，語類的剪裁，及隨物賦志將心志人格意象化的能力便可了解。

杜詩最大的特點在運用意象產生「蒼茫孤寂的氣象」，他一生遭逢喪亂、流離間關，廣大的江山與內心的淒苦交織成這種氣勢磅礴的境界。例如：

> 江漢思歸客，乾坤一腐儒，片雲天共遠，永夜月同孤，
> 落日心猶壯，秋風病欲蘇，古來存老馬，不必取長途。
>
> （〈江漢〉）

這首詩，空間是壯闊的，時間是綿亙的，而人事是微渺的，衰竭的。「江漢」、「乾坤」與「歸客」、「腐儒」，「片雲」與「長天」，「永夜」與「孤月」幾個簡單却大小對比的意象〔註32〕讓人在蒼茫的宇宙下，無處逃躲，只有赤裸心緒，忍對孑然一身的孤寂。而「落日」、「秋風」

〔註31〕葉嘉瑩《迦陵談詩》1，三民書局，頁115。
〔註32〕高友工、梅祖麟〈論唐詩的語法用字與意象〉一文認為首詩一至四行都在塑造意象。見《中國古典文學論叢》冊一，中外文學出版。

與「心壯」、「病蘇」更加深了這首詩的撞擊力。杜甫一向善於經營這
種對比意象,如「天地一沙鷗」(〈旅夜書懷〉)「江漢一歸舟」(〈懷灞
上遊〉)「萬古一長嗟」(〈祠南又望〉)「社稷一戎衣」(〈重輕昭陵〉)
「江胡滿地一漁翁」(〈秋興〉)「萬古雲霄一羽毛」(〈詠懷〉)等,壯
闊之境與微渺之物鮮明對比,激迸出一股蒼茫中的孤寂感。再如:

> 昔聞洞庭水,今上岳陽樓,吳楚東南坼,乾坤日月浮,
> 親朋無一字,老病有孤舟,戎馬關山北,憑軒涕泗流。

> (〈登岳陽樓〉)

這首詩頸腹二聯也是這種對比意象。黃生說:「前半寫景如此闊大,
五六自敘,如此落寞,詩境闊狹頓異。」〔註33〕,詩中三四兩句包吳
楚而浸乾坤,浩淼雄渾可知;五六兩句隻身羈旅,老病漂泊,衰颯頹
危可知。四句之間筆力萬鈞,氣象之蒼茫與心境之孤寂便在一推一助
的波瀾下浮現。

〈秋興八首之一〉是最能展現杜詩這種蒼茫孤感的一首詩:

> 玉露凋傷楓樹林,巫山巫峽氣蕭森,江間波浪兼天湧,
> 塞上風雲接地陰,叢菊兩開他日淚,孤舟一繫故園心,
> 寒衣處處催刀尺,白帝城高急暮砧。

詩中一到四句極言秋之蕭森,波浪在地而云「兼天」,風雲在天而說
「接地」,鍊以「湧」及「陰」二字,寫出一片蒼茫陰晦的天地景象,
腹聯語勢一轉,著力於「叢菊」與「孤舟」,景物由大入小,逼引出
客子無依的感傷。

蒼茫孤寂之境是杜公沉鬱的最高境界,這種詩境參天地、涵宇
宙,能讓滄海一粟般微渺的人事,在其間得到圓融而純淨的照觀。所
謂「莊嚴的悲感」常是在這種氣象下產生。

二、悲苦無奈的人生

杜甫在面對浩渺的天地,壯闊的乾坤時,其情感經過綜合蘊釀,

〔註33〕黃生《杜工部詩說》,中文出版社,頁 499。

抽離現實，因而產生一種浮昇於宇宙的「意象化之感情」；但當他面對干戈流離的人世，貧病無依的生活時，其情感又是沈重結實，與生活事物緊緊緒合的「現實之感情」。「意象化之感情」讓我們領受到蒼茫孤寂的氣象，「現實之感情」則讓我們沈思於其悲苦無奈的人生。這類詩常是寫實的，是時代苦難的直接記錄，以〈三吏三別〉、〈兵車行〉、〈前後出塞〉、〈彭衙行〉、〈北征〉、〈哀江頭〉、〈哀王孫〉、〈悲陳陶〉……等實際描繪生活慘狀的「史詩」最能表達這種境界。我們再取幾首，略識老杜筆下悲苦無奈的人生。

> 去年潼關破，妻子隔絕久，今夏草木長，脫身得西走。
> 麻鞋見天子，衣袖見兩肘。朝廷愍生還，親故傷老醜。
> 涕淚受拾遺，流離主恩厚。柴門雖得去，未忍即開口。
> 寄書問三川，不知家在否？此聞同罹禍，殺戮到雞狗。
> 山中漏茅屋，誰復依戶牖。摧頹蒼松根，地冷骨未朽。
> 幾人全性命，盡室豈相偶。嶔岑猛虎場，鬱結迴我首。
> 自寄一封書，今已十月後。反畏消息來，寸心亦何有。
> 漢運初中興，生平老耽酒。沈思歡會處，恐作窮獨叟。
>
> （〈述懷〉）

這首詩是至德二年〔註34〕，杜甫在行在受職，回念家室之作。全詩從妻兒隔絕之苦說起，歷敘自己如何流離生還。既蒙恩寵後，轉寫對妻兒憂虞懸念之心，從「殺戮到雞狗」、「山中漏茅屋」到「嶔岑猛虎場」可看見他憂心忡忡的景象。末以音訊杳然，又「反畏消息來」作結，驚怕疑慮之下，一股亂世兒女的慘痛悲苦，鮮活地湧現。

> 老妻寄異縣，十口隔風雪。誰能久不顧？庶往共饑渴。
> 入門聞號咷，幼子饑已卒。吾寧捨一哀，里巷亦嗚咽。
> 所愧為人父，無食致夭折。豈知秋禾登，貧窶有倉卒。
> 生常免租稅，名不隸征伐，撫跡亦酸辛，平人固騷屑。
> 默思失業徒，因念遠戍卒。憂端齊終南，澒洞不可掇。
>
> （〈自京赴奉先縣詠懷〉）

〔註34〕據仇兆鰲《杜詩詳註》所考定的年代，漢京文化事業，頁 358。

這是杜集中的長篇巨作，末二段從「老妻寄異縣」開始，對自己的貧
苦與百姓征戌之苦，有詳細的敘述，貧苦無以為生的杜甫，將妻兒送
往舅家，等到前去探視時，幼子已飢餓卒，他不寫自己內心之哀，而
寫里巷為之嗚咽，天人同悲的人事慘境，在他委委敘述下歷歷如在目
前。此憂已極，杜甫又翻思百姓，悲憫生民征稅戰伐之苦，人世的悲
苦至此堆疊齊山，如混茫澒洞，不能撥去。

> 崢嶸赤雲西，日腳下平地。柴門鳥雀噪，歸客千里至。
> 妻孥怪我在，驚定還拭淚。世亂遭飄蕩，生還偶然遂。
> 鄰人滿牆頭，感嘆亦歔欷。夜闌更秉燭，相對如夢寐。
>
> （〈羌村三首〉之一）

此詩記世亂還家，悲苦交集的景況。杜甫初抵家門時，赤雲崢嶸，鳥
雀悅噪，欣喜萬分。繼而家人相見，妻兒驚訝他竟然能生返，驚定之
餘，喜極而泣，鄰人見景也感慨歔欷，整個亂世親倫之情，汩汩流露
出來。末兩句，猝然驚疑，以為夢寐，又增益了離亂久客的悲悽。杜
公這些詩，字字血淚，鏤出肺腸，整個人世之悲苦全摹刻入他的詩裡。

三、宏闊堅毅的心志

　　杜甫以儒學為宗，有著聖人的思致與襟抱，表現在詩中常見一種
以天下蒼生為己念的高懷壯志。這種壯志在他早年出遊翰墨場時已淋
漓顯現。直到晚年，杜公客居湘楚，漂泊西南，身心衰疲至極下，他
仍時時憂念社稷，執守最初經世濟民的心念，這樣的心志，其宏闊與
堅毅，很值得我們仔細去品味。

　　開元二十八年左右，杜公寫下〈登兗州城樓〉與〈望嶽〉二詩。
〔註35〕這兩詩是目今杜集的開卷之作，〈登兗州城樓〉道：「浮雲連海
岱，平野入青徐。」〈望嶽〉道：「會當凌絕頂，一覽眾山小」二詩氣
象浩渺，隱然含著杜甫濟世的壯懷，此外，〈房兵曹胡馬〉寫道：「驍
騰有如此，萬里可橫行」，〈畫鷹〉寫道：「何當擊凡鳥，毛血灑平蕪」，

〔註35〕據《杜甫年譜》，學海書局，頁 14。

蒼勁的筆力下也暗藏奮飛濟世的心志。〈贈韋左丞丈濟〉及〈奉贈韋
左丞丈二十二韻〉中，他更直接表露自己這份心志：「老驥思千里，
飢鷹待一呼。」、「自謂頗挺出，早登要路津，致君堯舜上，再使風俗
淳」。可是整個昏亂的時局與政治，終究無法讓杜公一展長才，杜公
崇尚儒術，憂心社稷之思也隨著流離的日子浮沉上下，遷歷年歲，因
此我們在杜詩中便常常能欣賞到這份推己及人，宏闊而堅毅的心志。
例如：

> 回首叫虞舜，蒼梧雲正愁。(〈同諸公登慈恩寺塔〉)
> 窮年憂黎元，歎息腸內熱。(〈自京赴奉先縣詠懷〉)
> 乾坤含瘡痍，憂虞何時畢。(〈北征〉)
> 備員竊補袞，憂憤心飛揚，上感九廟焚，下憫萬民瘡，
> 斯時伏青蒲，廷諍守御牀。(〈壯遊〉)
> 雄劍鳴開匣，群書滿繫船。(〈秋日夔府詠懷奉寄鄭監審李賓客之
> 芳一百韻〉)
> 魚龍寂寞秋江冷，故國平居有所思。(〈秋興八首〉之四)
> 炎風翔雪天王地，祇在忠良翊聖朝。(〈諸將五首〉之四)
> 西蜀地形天下陰，安危須仗出群材。(〈諸將五首〉之五)

這些詩句中，「虞舜」、「蒼梧」是杜公心志所托，「窮年的黎元」、「瘡
痍的乾坤」是他憂心所在，「劍」象徵他的志氣，「書」代表他的才華，
他「翊聖朝」、「出群才」、「憫萬民」、「守御牀」的心迹如乾坤懸日月，
朗朗照耀著全天下的百姓。杜詩所現的宏闊與堅毅之懷，可說是後代
士人的心志典型。

四、真摯熱烈的情感

杜甫是個真誠懇切的人，由於他情性上本有的「同情心」與「耿
直性」，使他對朋友，對人世能執著無私地投以熱烈的感情。展讀杜
詩，最能撞擊人心的便是他這些真摯熱烈的情愫。〈夢李白二首〉是
杜詩中最能表現朋友摯愛的詩。

（一）死別已吞聲，生別長惻惻，江南瘴癘地，逐客無消息。

　　　　故人入我夢，明我長相憶，恐非平生魂，路遠不可測。
　　　　魂來楓林青，魂返關塞黑，君今在羅網，何以有羽翼？
　　　　落月滿屋梁，猶疑照顏色，水深波浪闊，無使蛟龍得。
（二）浮雲終日行，遊子久不至，三夜頻夢君，情親見君意。
　　　　告歸常侷促，苦道來不易，江湖多風波，舟楫恐失墜。
　　　　出門搔白首。若負平生志，冠蓋滿京華，斯人獨憔悴。
　　　　孰云網恢恢？將老身反累，千秋萬歲名，寂寞身後世。

此詩用韻逼仄，「惻」、「息」、「憶」等入聲韻聲悽緊低咽，吟哦起來，
令人宛如看到老杜一副憂戚黯然的面孔，帶著深情關切的神色，絮絮
地訴念著生死未知的老友。第一首詩從死別、生死說起，李白是生抑
死？由於睽違已久，音訊杳然，杜甫無法確知，但「故人入我夢」、「恐
非平生魂念」，杜甫心中為之驚疑不定，「楓林青」、「關塞黑」，一片
黑沉沉的景象把杜甫帶入無邊的疑懼中，深怕這夢裡魂影真是李白的
噩訊。這份苦苦的思念已使杜甫恍恍惚惚無法分辨是人或鬼，是夢或
真？末尾他還替李白設想，要李白小心深水，莫出意外，這一份癡心
懸念的真摯情感，令人不禁憮然淚下。

　　第一首是前夜乍夢李白，第二首則是一連三夜頻夢李白。一句「冠
蓋滿京華，斯人獨憔悴」，寫盡多少知心關愛，殷切憐惜之情。仇兆
鰲評此詩曰：「此章說夢處，宛如目擊。形愈疏而情愈篤，千古交情，
惟此為至。」〔註36〕

　　另外，〈北征〉一詩則融合對君王、對百姓、對妻女等各種情感，
將人世所有的至情深刻動人地呈露出來。我們截取三段來看看杜公這
份真摯熱烈的情感。

　　　　維持遭艱虞，朝野少暇日。顧慚恩私被，詔許歸蓬蓽。
　　　　拜辭詣闕下，怵惕久未出。雖乏諫諍姿，恐君有遺失。
　　　　君誠中興主，經緯固密勿。東胡反未已，臣甫憤所切。
　　　　揮涕戀行在，道途猶恍惚。乾坤含瘡痍，憂虞何時畢。

這一段詩寫杜甫戀主之情。國難方殷，杜甫被詔許歸家，臨去前拜辭

────────────────
〔註36〕見仇兆鰲《杜詩詳註》，漢京版，頁559。

關下，一句「怵惕久未出」將猶豫不忍離去的心情真誠地宣露出來，
杜甫所不忍的是「恐君有遺失」，他對國君的關心與眷戀全在欲去不
忍，既行猶「揮淚」、「恍惚」中，迴折得彌為深刻。

> 靡靡踰阡陌，人烟眇蕭瑟，所遇多被傷，呻吟更流血。
> 回首鳳翔縣，旌旗晚明滅。……
> 夜深經戰場，寒月照白骨。潼關百萬師，往者散何卒。
> 遂令半秦民，殘害為異物。

這段詩歷敘征途所見。詩人眼中，百姓受到戰火的摧殘，呻吟流血，
白骨遍野，引起他莫大的悲憤，「潼關」四句，痛切陳言，感慨萬千。

> 況我墮胡塵，及歸盡華髮。經年至茅屋，妻子衣百結。
> 慟哭松聲廻，悲泉共幽咽。平生所嬌兒，顏色白勝雪。
> 見耶背面啼，垢膩腳不襪。牀前兩小女，補綻才過膝。
> 海圖拆波濤，舊繡移曲折，天昊及紫鳳，顛倒在裋褐。
> 老夫情懷惡，嘔泄臥數日，那無囊中帛，救汝寒凜慄。
> 粉黛亦解包，衾裯稍羅列。瘦妻面復光，癡如頭自櫛。
> 學母無不為，曉妝隨手抹。移時施朱鉛，狼籍畫眉闊。
> 生還對童稚，似欲忘饑渴。問事競挽鬚，誰能即瞋喝。

這段詩寫歸家之後，親人重聚，悲喜交集的景況。杜甫返家，看見衣
履百結的妻子，慟哭悲咽，情懷大惡。仇兆鰲曰：「裋褐以上，乍見
而悲，極夫妻兒女至情。老夫以下，悲過而喜，盡室家曲折之狀。」
〔註37〕杜甫採一正一反的筆法，將親倫至情刻劃得淋漓盡致。詩人寫
情，很少能見一詩中囊盡人世各類情感者，唯有杜甫「誠於中而形於
外」，他的情感厚貯胸中，憂虞深廣，一旦提聚於筆端，自然能如百
川奔流，豐厚而熱烈。

第三節　頓挫的語言

　　頓挫是氣韻流宕所產生的美，落在語言的層次上便是變化多姿的

文學技巧，是抑揚有致的音韻，也是往復廻環的義蘊、章法與結構。欣賞杜詩頓挫的語言，必得從氣韻揣尋其脈絡，否則一味講求語言技巧，終必流於膚闊死句。方植之曰：「欲學杜韓不得其氣絡作用，則又徒爲陳腐學究皮毛，及兒童強作解事，令人嘔穢而已。」〔註38〕

　　杜甫本身的生命力豐厚充沛，元氣淋漓，引氣賦詩時，自然能眞氣貫注，源源汩汩，形成頓挫瀏灕的語文姿貌。加上杜公特重語文鍛鍊，「新詩改罷自長吟」，「語不驚人死不休」，因此其語言頓挫多姿，律法千變萬化，與其氣韻相爲表裏。本節就句型、押韻、句式、句法、義蘊、語勢、章法等語言形態來探視杜公氣韻流動的軌跡。

一、句型長短參差

　　詩之頓挫和音節息息相關，氣韻平板則音節固定，氣韻激動則音節更迭。音節的表現在古體詩中以長短句型最能看出氣韻之流轉。沈德潛《說詩晬語》卷上云：「文以養氣爲歸。七言古或雜以兩言、三言、四言、五六言，皆七言之短句也；或雜以八九言、十餘言，皆伸以長句，而故欲振蕩其勢，廻旋其姿也。」〔註39〕黃師永武亦云：「雜言體的古詩，長短參差，如果用來與感情配合，感情嚴肅時用嚴整等長的句型，感情激動時用特長句或特短句。」〔註40〕可見古體中，句型之長短是氣韻變化的具體呈現。

　　杜甫在忼慨吐臆時，往往高詠沉吟，長言短歌，激昂舛變，形成參差變化的句型。如〈天育驃圖歌〉起句曰：

　　　吾聞天子之馬走千里，今之畫圖無乃是。

結句曰：

　　　如今豈無騕褭與驊騮，世無王良伯樂死即休。

此詩通首七言，只前後兩處，長句提句，長句收貯，自成特殊音節。李锳《詩法易簡錄》云：「以九字長句起，便有奔放之勢，…兩九字

〔註38〕方東樹《昭昧詹言》，廣文書局，頁2。
〔註39〕見丁福保《清詩話》，明倫出版社，頁535。
〔註40〕黃師永武《中國詩學》鑑賞篇，巨流圖書公司，頁186。

長句結,與起處音節相應。」〔註41〕我們可以看到作者氣韻在此詩中
收吸、吐放,頓挫有致。再如〈短歌行贈王郎司直〉詩云:

　　王郎酒酣拔劍斫地歌莫哀,我能拔爾抑塞磊落之奇才。
　　豫章翻風白日動,鯨魚跋浪滄溟開,且脫劍佩休徘徊。
　　西得諸侯棹錦水,欲向何門吸珠履。
　　仲宣樓頭春色深,青眼高歌望吾子。眼中之人吾老矣。

此詩以十一字長句堆疊而來,突兀橫絕,繼用三句、二句、三句,音
節錯舛,造成一片跌宕悲涼的況味。

　　〈兵車行〉一詩,句型最富變化,或三言,或五言,或七言,錯
綜複雜,有古樂府頓挫詠歎的自然情韻。詩云:

　　車轔轔,馬蕭蕭,行人弓箭各在腰。
　　耶娘妻子走相送,塵埃不見咸陽橋,
　　長者雖有問,役夫敢申恨,且如今年冬,未休關西卒,
　　縣官急索租,租稅從何出。信知生男惡,反是生女好。
　　生女猶得嫁比鄰,生男埋沒隨百草。
　　君不見,青海頭,古來白骨無人收,
　　新鬼煩冤舊鬼哭,天陰雨濕聲啾啾。

此詩以三言狀聲而起,前三分之二用七言暢敘,忽而轉入五言,音短
氣促,以見役夫之恨,再出以七言舒緩長吁,句型之變化,正見氣韻
流轉之生動。

　　杜甫氣韻奔放、止歇、迴轉、流宕,在唇吻間形成長短參差的句
型,除了上述詩例之外,如〈茅屋為秋風所破歌〉云:「嗚呼,何時眼
前突兀見此屋,吾廬獨破受凍死亦足」。〈奉先劉少府新畫山水障歌〉
云:「堂上不合生楓樹,怪底江山起烟霧。聞君掃却赤縣圖,乘興遣畫
滄洲趣。畫師亦無數,好手不可遇。……」這樣長短唱歎的句型,很
能直接披露作者淋漓的氣韻。王嗣奭評後詩云:「通篇字字跳躍,天機
盎然,此其氣韻也。」〔註42〕杜甫古體詩之頓挫資此可以窺得一二。

〔註41〕　李鍈《詩法易簡錄》,蘭台書局,頁112。
〔註42〕　王嗣奭《杜臆》,中華書局,頁36。

二、韻腳疏密變奏

　　古體詩之韻腳疏密亦關乎氣之緩急，何時當隔句用韻，何時當句句疊韻，全視氣之流轉而定。黃師永武云：「情節緊湊時宜句句押韻，氣氛舒坦宜隔句用韻。」〔註43〕如此緊湊、舒坦，舒坦、緊湊的變化，也是頓挫的語言姿貌。如前舉〈天育驃圖歌〉後段詩云：

　　　　當時四十萬匹馬（二十一馬），張公歎其材盡下。（二十一馬）
　　　　故獨寫真傳世人（十一真），見之座右久更新。（十一真）
　　　　年多物化空形影（二十三梗），嗚呼健步無由騁。（二十三梗）
　　　　如今豈無騕褭與驊騮（十一尤），世無王良伯樂死即休。（十一尤）

此詩本四字一換韻，後半從「當時四十萬匹馬」以下句句用韻。李锳《詩法易簡錄》云：「句句用韻，兩句一換，繁音促節，至三換以後氣愈緊，故末二句皆變作九字句，以舒暢其節。」〔註44〕又如〈高都護驄馬行〉詩云：

　　　　安西都護胡青驄（一東），聲價欻然來向東。（一東）
　　　　此馬臨陣久無敵，與人一心成大功。（一東）
　　　　功成惠養隨所致，飄飄遠自流沙至。（四寘）
　　　　雄姿未受伏櫪恩，猛氣猶思戰場利。（四寘）
　　　　腕促蹄高如踣鐵，交河幾蹴層冰裂。（九屑）
　　　　五花散作雲滿身，萬里方看汗流血。（九屑）
　　　　長安壯兒不敢騎，走過掣電傾城知。（四支）
　　　　青絲絡頭為君老，何由却出橫門道。（十九皓）

此詩先是四句一韻，後則二句一韻，氣韻由緩入急。李锳《詩法易簡錄》云：「此詩前三韻四句一換，音節平和，後二韻，兩句一換，截然而止，則又急其節拍以取勁也。」〔註45〕再如〈醉歌行〉詩云：

　　　　陸機二十作文賦，汝更少年能綴文。（十二文）
　　　　總角草書又神速，世上兒子徒紛紛。（十二文）

〔註43〕同註40，頁173。
〔註44〕同註41，頁112。
〔註45〕同註41，頁111。

　　驌驦作駒已汗血，鷙鳥舉翮連青雲。(十二文)

　　詞源倒流三峽水，筆陣獨掃千人軍。(十二文)

　　只今年纔十六七（四質），射策君門期第一。(四質)

　　舊穿楊葉眞自知，暫蹶霜蹄未爲失。(四質)

　　偶然曜秀非難取，會是排風有毛質。(四質)

　　汝身已具唾成珠，汝伯何由髮和漆。(四質)

　　春光澹沱秦東亭（九青），渚蒲牙白水荇青。(九青)

　　風吹客衣日杲杲，樹攪離思花冥冥。(九青)

　　酒盡沙頭雙玉瓶（九青），眾賓皆醉我獨醒。(九青)

　　乃知貧賤別更苦，吞聲躑躅涕淚零。(九青)

此詩八句一韻，平暢諧和，忽在「春光澹沱」一段，以平聲韻突接上面的入聲韻，音調乍響，神采倍增。施補華《峴傭說詩》云：「春光澹沱一段，寫送別光景，使前半敘述處皆靈，忽句句用韻，忽夾句用韻，亦以音節動人。」〔註46〕杜詩之用韻，亦隨氣韻之流轉而有疏密變奏之美，其抑揚抗墜間，正待讀者靜氣按節，吟詠諷誦，方能體會。

三、句式音節更迭

　　古體詩的節奏可以資藉用韻變化，句型長短而出之，近體詩限韻限律，每句有一定字數，只得以句式見節奏之變化。在五言七言中，句式常以「上二下三」、「上四下三」爲多。胡震亨《唐音癸籤》以「上二下三」爲五言常格，「上三下二」爲變格，「上四下三」的七言常格〔註47〕，「上三下四」、「上六下一」、「上五下二」……等各種不同的句式，在句子的音節上造成很大的頓挫。例如：

　　露－從今夜白，月－是故鄉明。(〈月夜憶舍弟〉)

　　永夜角聲悲－自語，中天月色好－誰看。(〈宿府〉)

　　春水－船－如天上坐，老年－花－似霧中看。(〈小寒食〉)

　　感時－花－濺淚，恨別－鳥－驚心。(〈春望〉)

杜詩句式之頓法多變，已不是胡震亨「常格」、「變格」者所能統疇。

〔註46〕見臺靜農《百種詩話類編》，藝文版，頁425。

〔註47〕明胡震亨《唐音癸籤》卷四，木鐸出版社，頁31。

而杜甫的頓法又可以上下滑動，產生彈性節奏，融入情感之起伏跌宕。譬如「月－是故鄉明」，句中「月」字一停頓，便使氣韻逗蓄停貯，產生頓挫。《而菴詩話》云：「子美詩有句有讀，一句中有二三讀者，其不成句處，正是其極得意處也。」〔註48〕杜詩之句法常破上下二截之順序，句、讀、頓靈活推移，一反常態，雖有不成句處，卻音節更迭，抑揚頓挫，正是其得意處。

四、句法對映反襯

頓挫是一種曲折迂迴之勢，在句法上往往形成或大或小，或正或反的對比映襯。這種技巧在修辭學上屬於「映襯」。黃師慶萱論映襯格說：「在語文中，把兩種不同的，特別是相反的觀念或事實，對列起來，兩相比較，從而使語氣增強，使意義明顯的修辭方法，叫作『映襯』。」〔註49〕

杜詩中對比映襯的句子往往能挫深句意，使詩中氣勢與義蘊更爲豐足。例如：

落日心猶壯，秋風病欲蘇。（〈江漢〉）

身無却少壯，跡老但羈栖。（〈春日梓州登樓〉）

一去紫台連溯漠，獨留青冢向黃昏。（〈詠懷古跡五首〉）

這些詩中「落日」與「心猶壯」，「身無」與「少壯」，「跡老」與「羈栖」都是句意相反的對比作用，使老病、漂泊之感倍增。「一去」與「獨留」，強烈對照，添助溯漠之荒涼。而「悲」「好」二字之對比，更增「悲」字的深意。《峴傭說詩》評〈宿府〉曰：「悲字、好字，作一頓挫，實七律音調。」〔註50〕杜詩此類句意對比的句法，不但文勢頓挫，且多與悲情相互爲用，按壓出一片沉鬱的韻味。再如：

江間波浪兼天湧，塞上風雨接地陰。（〈秋興八首〉之一）

萬里悲秋常作客，百年多病獨登台。（〈登高〉）

〔註48〕同註39，頁425。

〔註49〕黃師慶萱《修辭學》，三民書局，頁287。

〔註50〕施補華《峴傭說詩》，收於《百種詩話類編》，藝文版，頁428。

路經灩澦雙蓬鬢，天入滄浪一釣舟。（〈將赴荊南寄別李劍州〉）

有猿揮淚盡，無犬附書頻。（〈雨晴〉）

親朋無一字，老病有孤舟。（〈登岳陽樓〉）

這些詩句在一推一拒，一順一道之間，造成對比映襯，在地的「波浪」勢及於「天」，上下對比，「灩澦」與「蓬鬢」，大小對比，藉著這樣的映襯，詩之韻勢靈活飛動，騰轉有致，形成極大的頓挫。

除了律句對比如此，單句的句法中亦有對比，如：「乾坤一腐儒」（〈江漢〉）「天地一沙鷗」（〈旅夜書懷〉）「江湖滿地一漁翁」（〈秋興〉）等，都是大小反襯，頓挫深刻的句子。

五、語意曲折層疊

杜甫鍊句極工，往往造成句子的容量特大，一句之中可以層層堆疊，也可以一波三折，曲折變化；而通首之間尤能虛實相生，明暗相承，語意轉折遞進，頓挫多姿。

就語意之層疊而言。「無食無兒一婦人」，「一婦人」本已可悲，「無兒一婦人」更覺可悲，「無食無兒一婦人」，愈倍覺可悲。「萬里悲秋常作客」（〈登高〉），「作客」本以傷懷，「常作客」更覺傷懷，「悲秋常作客」愈倍覺傷懷，至「萬里悲秋常作客」則句意堆疊至極，悽惻更無以堪了。

一句之語意層疊如此，一聯之間容量，就更為寬大了。如「歲暮陰陽催短景，天涯霜雪霽寒宵」（〈閣夜〉），我們採黃師永武的分析方式表列之：

寒——一層　冷

宵寒——二層　晚上較冷

霜宵寒——三層　降霜的晚上甚冷

霜雪宵寒——四層　霜雪交加的晚上最冷

霜雪霽寒宵——五層　霜雪融化的晚上尤冷

天涯霜雪霽寒宵——六層　加上飄泊天涯的心理因素更加
　　　　　　　　　　　　孤獨寒冷

這夜晚的冷，再配上句所寫日短夜長，冷得更加難受：

　　　　短景——七層　　夜長，難耐冷

　　　　催短景——八層　　催得夜更長，更難耐冷

　　　　陰陽催短景——九層　　陰陽迅速，夜長得真快，如何能耐

　　　　　　　　　　　　　　　　這冷

　　　　歲暮陰陽催短景——十層　　歲暮至冬，夜長到極點，冷到

　　　　　　　　　　　　　　　　　極點

把這二句詩用警拔的聯語對在一起，如果寒冷有等級的話，可以感受到寒冷在層層增強的。然而這還是屬於藝術性層面。至於思想性的層面，如從杜甫感受特別冷這一點，加以探索，老年人難以耐冷、異鄉作客的人對於寒冷敏感，這些是可以理解的〔註51〕。

　　此外，〈觀公孫大娘弟子舞劍器行〉中更見另一種推叠手法：

　　　耀如羿射九日落，矯如群帝驂龍翔，來如雷霆收震怒，罷
　　　如江海凝清光。

四句音節一樣，句法一樣，語意不同，層層遞進，造成高漲的文勢，不管用於收蓄或開宕，都能產生很大的力量。

　　就語意之曲折言。「若遭此物聒，孰謂吾廬幽」（〈夏日李公見訪〉），一句中「聒」中見「幽」，「幽」中藏「聒」，意甚曲折。「安危大臣在，何必淚長流」（〈去蜀〉），明寫不流淚，暗寫憂戚流淚，語意轉折曲妙。〈玉華宮〉一詩八句中，首句寫溪、寫松，次句寫蒼鼠、寫古瓦，到第三句才逼出殿宇點題，亦是曲筆之妙。杜詩語意之曲折，隨處可見，自不待言。而其義蘊含蓄，亦適足表現悲情，臻於「沉鬱」。

六、語勢倒挽逆轉

　　頓挫一詞簡言之即變化的語勢，作者引氣賦詩時，氣有順逆，語勢亦有順逆，平順的語勢構不上頓挫，必得逆、反、倒、轉，才能形成頓挫之波瀾。

　　范況《中國詩學通論》論詩句之裝置有六法：倒插、反接、突接、

〔註51〕　見黃師永武、張高評合著《唐詩三百首鑑賞》，尚友出版社，頁572。

倒裝、後二句續前二句、下句抱上句。〔註52〕所謂倒插指先不點題，
最後才倒補說明；反接是以反言逆接；突接指轉開一層；倒裝是句法
順序之反，其餘後續前，下抱上，也都是倒挽逆轉的筆勢。范氏之論
其實是從杜詩歸納而來，沈德潛論杜時已作如是解。他說：

> 少陵有倒插法，如〈送重表姪王冰評事〉篇中，上云天下
> 亂云云；次云最少年云云，初不說出某人，而下倒補云：「秦
> 王時在座，真氣驚戶牖」，此其法也。〈麗人行〉篇中：「賜
> 名大國虢與秦，慎莫近前丞相嗔」，亦是此法。又有反接法，
> 〈述懷〉篇云：「自寄一封書，今已十月後」，若云不見消
> 息來，平平語耳。此云：「反畏消息來，寸心亦何有」，斗
> 覺驚心動魄矣！又有透過一層法，如〈無家別〉篇中云：「縣
> 吏知我至，召令習鼓鞞」，無家客而遣之從征，極不堪事
> 也。然明說不堪，其味便淺。此云：「家鄉既蕩盡，遠近理
> 亦齊」，轉作曠達，彌見沉痛矣。又有突接法，如〈醉歌行〉
> 突接「春光澹沱秦東亭」，簡薛華醉歌突接「氣酣日落西風
> 來」，上寫情欲盡未盡，忽入寫景，激壯蒼涼，神色俱王，
> 皆此老獨開生面處。〔註53〕

少陵倒挽逆轉的語勢，變化入神無法一一縷指，除了沈氏論之外，尚
有許多巧化筆。例如〈登樓〉一詩起筆「花近高樓傷客心，萬方多難
此登臨」未言登臨，先說花近高樓，語勢突兀，但頓挫有力，若倒為
「萬方多難此登臨，花近高樓傷客心」，便覺平弱。再如〈聞官軍收
河南河北〉本寫喜，却轉筆入泣，「初聞涕淚滿衣裳」，以曲筆取勢，
從「初聞」轉出「却看」，從「却看」又轉出「漫卷」，此時才說「喜
欲狂」，這樣曲轉的筆勢也是頓挫著力處。

此外，倒字法亦是變平板為頓挫的方式之一，如「綠垂風折筍，
紅綻雨肥梅」（〈陪鄭廣文遊何將軍山林十首〉之五）語勢矯健，若順
其文法「風折筍垂綠，雨肥梅綻紅」便覺調弱。「香稻啄餘鸚鵡粒，

〔註52〕范況《中國詩學通論》，商務印書館，頁249。
〔註53〕沈德潛《說詩晬語》卷下，收於《百種詩話類編》，藝文版，頁386。

碧梧棲老鳳凰枝」（〈秋興八首〉之一）「白摧朽骨龍虎死，黑入太陰
雷雨垂」（〈戲爲雙松圖歌〉）等，都是這類語勢健峻的句子。

七、章法錯綜開闔

　　張師夢機論近體詩之章法，有所謂「首尾雙鎖」、「翹首青雲」、「隔
句分應」、「逐層襯托」、「雙起雙承」、「就題空翻」、「合筆束題」……
等等〔註54〕，各種章法或嚴整或迭宕，波瀾不一，奇正相生，正是頓
挫的筆力。杜詩古體以章法「開闔盡處」勝，律體以「接句不測」勝
（陳文華《杜甫詩律探微》云），其曲折頓挫之勢，正是作者精神氣
韻之附顯。如：

> 西蜀櫻桃也自紅，野人相贈滿筠籠，數回細寫愁仍破，萬
> 顆匀圓訝許同。憶昨賜霑門下省，退朝擎出大明宮。金盤
> 玉筋無消息，此日嘗新任轉蓬？（〈野人送朱櫻〉）

此詩以野人送櫻而憶朝賜。首句一「也」字，預作照應，賜櫻之事，
今昔相類於此可見。然前四句寫送櫻，五六句忽然振起，由今入昔，
轉到門下朝賜，極盡開宕之能事。七八句再合束歸題。這是一種大開
而後收束的章法。再如：

> 去年登高郿縣北，今日重在涪北賓。
> 苦遭白髮不相放，羞見黃花無數新。
> 世亂鬱鬱久爲客，路難悠悠常傍人。
> 酒闌卻憶十年事，腸斷驪山清路塵。（〈九日〉）

此詩首聯敘其時地，頷腹二聯從久客傍人發慨，七八句忽然宕開，猛
憶十年前之往事，筆落天外，飛騰奇峭，另成出人意表的章法。此外，
〈有客〉一詩，一說己，一說客，又一說客，一說己，是錯綜交織，
縱橫擺宕的章法。其他如〈春望〉、〈登樓〉、〈旅夜書懷〉等，都可看
出杜公章法上起落變化之妙。

　　律體之外，杜甫之長篇古體，最得開闔之神。《峴傭說詩》曰：「長

〔註54〕請參考張師夢機《近體詩發凡》，中華書局，頁141。

篇必分段落，每段必用提頓以見起，用結束以見止。提頓結束，有明有暗，有重有輕。段落有長有短，參差錯落，以救方板。少陵無法不備，學者可細揣摩也。」〔註55〕杜甫以文入詩，長篇之作如〈北征〉、〈述懷〉、〈自京赴奉先詠懷〉，確實開闔盡變，極頓挫之致。其他如〈奉先劉少府山水障子歌〉，起手用突兀之筆，中段用翻騰筆，收處用逸宕筆，〔註56〕神遠勢潤，曲盡其妙。〈丹青引〉章法錯綜，〈飲中八仙〉章法離奇，這都是杜公氣韻附顯於詩文處。杜甫的精神氣韻，酣暢充沛，頓挫流灕，與語言之音節、句勢、章法正為表裏，學者欲識杜公之精神氣韻，宜從究心語言開始。

第四節　頓挫的境界

　　由於杜公人格與詩藝之修養都已臻於登峰造極之境，因此胸臆深厚氣豐神足，能隨物感憤，流轉自如。在技巧上是幻化多姿的語言，已如前述；在精神上是淋漓酣暢的氣韻，將在本節中進一步欣賞討論。

　　中國藝術批評傳統常以「氣韻生動」形容一幅生趣盎然，神采奕奕的書畫，這種說法對靜態的書畫極為抽象的。詩歌亦然，一首詩如何氣韻生動，是很費思量的問題。高友工，梅祖麟先生說：「有生命的詩歌貴在於能含蘊自然界生命現象過程的縮影，描寫動作主力者之間種種動態關係。」〔註57〕換言之，能融「自然世界」與「精神氣韻」之動態變化入詩者，便可謂「氣韻生動」，便是有生命的詩歌。杜詩頓挫的境界即包涵有這兩個特點：

一、壯闊靈動的自然世界

　　一首詩想要融塑出靈動的自然世界需要三種能力：（1）飛馳入神

〔註55〕同註50，頁428。
〔註56〕同上，頁428，施補華分析〈奉先劉少府山水障子歌〉之言。
〔註57〕梅祖麟，高友工〈論唐詩的語法用字與意象〉一文，見《中外文學》一卷十二期。

的想像力（2）利用對仗、調度時空的能力，（3）鍊字構句，造就動
感的工夫，杜甫在先天後天的培養下，早已具備這種豐厚精湛的詩學
造詣。

　　杜甫的想像力極強，可以從天到地，從大到小，從古到今，兀然
萬變。擴大時彌於六合，收小時歛於方寸。這種飛馳迅速的能力，使
他的神功接混茫，造成壯闊靈動的詩境。展讀杜詩，我們常可看到詩
裏有著大幅度的山河、邊塞，這些壯景夾著磅礴的律動，弘大的聲韻，
雄渾變化的節奏，顯得雷霆萬鈞，懾人心魄。例如：

　　　落日照大旗，馬鳴風蕭蕭，平沙列萬幕，部伍各見招。
　　（〈後出塞五首〉之二）
　　　莽莽萬重山。孤城山谷間，無風雲出塞，不夜月臨關。
　　（〈秦州雜詩〉）
　　　書信中原闊，干戈北斗深。（〈風疾舟中伏枕書懷三十六韻〉）
　　　青海無傳箭，天山早挂弓。（〈投贈歌舒開府二十韻〉）
　　　支離東北風塵際，漂泊西南天地間。（〈詠懷古跡五首〉之一）

「大旗」、「平沙」、「重山」、「孤城」、「關」、「塞」、「中原」、「北斗」、
「青海」、「天山」、「東北」、「西南」，高度的想像力使杜公能超越時
空芟繁除蕪，直取景物和感情的根本，這種精鍊而雄偉的靈動變化，
古今中外，恐怕無人能與老杜相抗衡。

　　在利用對仗，調度時空上，杜甫更是巧接妙移，產生很大的動感。
例如：

　　　早行石上水，暮宿天邊煙。（〈彭衙行〉）
　　　爲農山澗曲，臥病海雲邊。（〈所思〉）
　　　塞北春陰暮，江南日色曛。（〈歸雁〉）
　　　南菊再逢人臥病，北書不至雁無情。（〈夜〉）
　　　窗含西嶺千秋雪，門泊東吳萬里船。（〈絕句四首〉之三）
　　　關塞極天唯鳥道，江湖滿地一漁翁。（〈秋興八首〉之一）

這些詩從「早」到「暮」，從「山」到「海」，從「塞北」到「江南」，
時間與空間的推移變化產生很大的張力，造成流動的韻勢，所包涵的

世界也就更靈活空濶。

　　杜詩最神妙的地方，屬其鍊字鍛句方面，荊公、山谷等人論詩，發明所謂「詩眼」，或許就是從杜詩鍊字靈動的功夫上悟得。例如：

　　　星垂平野濶，月湧大江流。(〈旅夜書懷〉)

　　　北雪犯長沙，胡雲冷萬家。(〈對雪〉)

　　　露從今夜白，月是胡鄉明。(〈月夜憶舍弟〉)

　　　大漠孤煙直，長河落日圓。雲氣虛青壁，江聲走白沙。

　　　(〈禹廟〉)

　　　盪胸生層雲，決眥入歸鳥。(〈望嶽〉)

　　　無邊落木蕭蕭下，不盡長江滾滾來。(〈登高〉)

　　　叢菊兩開他日淚，孤舟一繫故園心。(〈秋興八首〉之一)

　　　三峽樓台淹日月，五溪衣服共雲山。(〈詠懷古跡五首〉之一)

「垂」、「湧」、「犯」、「冷」……這些字眼使詩中幾個靜態的意象靈活縮合，造成動感。高友工，梅祖麟分析〈旅夜書懷〉說：「第二聯上句跟下句都是名詞接動詞的句法，『垂、湧』雖非他動詞，但仍然可以看出動作的確移動於兩點之間：星星垂向平野，夜月湧向江河。這兩句表現的動作性不同，上句爲下句的動作鋪路，表現其輪廓，下句是動作的宣洩，宇宙強力的動態意象，藉著月湧江流的脈動姿態表現出無窮的勁力。」〔註58〕這是杜甫鍊字成功所致。杜甫逞其思力與學力所營造出來的壯濶靈動的自然世界，頗能引人無限冥思，爲中國詩開啓了很大的空間。

二、騰躍變化的精神氣韻

　　杜詩不僅在景物上造就很大的空間，在心靈上也形成極大的轉寰，每一首頓挫有力的杜詩，都可看到作者騰躍變化的精神氣韻。例如：

　　　劍外忽傳收薊北，忽聞涕淚滿衣裳。

　　　却看妻子愁何在，漫卷詩書喜欲狂。

　　　白日放歌須縱酒，青春作伴好還鄉。

〔註58〕同上。

即從巴峽穿巫峽，便下襄陽向洛陽。(〈聞官軍收河南河北〉)

王嗣奭曰：「此詩句句有喜躍意，一氣流注，而曲折盡情。」〔註59〕
我們細讀這首詩，發現其間由「涕」而「喜」而「歌」，心境與氣韻
之變化殊堪玩味。全詩首句敘事，次句表情，三句一頓，四句突然狂
喜，五六以下開宕流洩，將原來之涕淚愁苦一掃而空。「忽傳」、「初
聞」、「却看」、「漫卷」、「即從」、「便下」，將個短促的語言，纍纍貫
串而下，造成精神上層層躍動的感覺。朱瀚評此詩曰：「詳略頓挫，
筆如游龍。」〔註60〕杜詩善藉文勢之頓挫造成騰躍之精神，由此詩可
窺得梗概。再如：

青簾白舫益州來，巫峽秋濤天地迴。
石出倒聽楓葉下，櫓搖背指菊花開。
貪趨相府今晨發，恐失佳期後命催。
南極一星朝北斗，五雲多處是三台。(〈送李八校書赴杜相公幕〉)

這首詩起句輕秀，接句猛健，於三四句間氣韻逼轉變化以「倒聽」、「背
指」進入險境，五六稍率，七句則突然一轉，情韻高拔，心緒之變化
與筆勢之流轉相合無間。黃生評此詩曰：「七句突然而轉，八句悠然
而合，轉得蒼渾，合得深穩，語雖結，用筆極具頓挫，口中致羨，而
言外之悲慨實深。」〔註61〕以上兩詩，言不過八句，已覺作者精神，
游移紙背，變化神妙。至於長篇，更是開闔頓挫，精神奮迅，深得古
今詩家喜愛。如〈自京赴奉先縣詠懷〉一詩：

杜陵有布衣，老大意轉拙。許身一何愚，
竊比稷與契。居然成獲落，白首甘契闊。
蓋棺事則已，此志常覬豁。窮年憂黎元，
歎息腸內熱。取笑同學翁，浩歌彌激烈。
非無江海志，瀟灑送日月，生逢堯舜君，
不忍便永訣。當今廊廟具，構廈豈云缺？

〔註59〕王嗣奭《杜臆》，中華書局，頁160。
〔註60〕見仇兆鰲《杜詩詳註》引文，漢京文化，頁965。
〔註61〕黃生《杜工部詩說》，中文出版社，頁499。

　　葵藿傾太陽，物性固莫奪。……………（〈奉先詠懷〉）
這首詩從詠懷敘起，先敘老大意，自嘲稷契志。五六語意衰沈；一轉
而下，「窮年」二句又激昂而起，幾句之中精神已變化多姿，全詩五
百字，更是激昂頓挫，語勢與氣韻縱橫滿紙。吳北江評曰：「第一段
一句一轉，一轉一深，幾於筆不著紙，而為悲涼沉鬱，憤慨淋漓，文
氣橫溢紙上，如生龍虎不可控揣，太史公韓昌黎而外，無第三人能作
此等文字，況乎詩中，推杜公一人也。」〔註62〕

〔註62〕 見高步瀛《唐宋詩舉要》引文，廣文書局，頁22。

第五章　結　論

第一節　杜詩新評價——圓融渾成的人格形態與作品藝術

　　美的東西必須在主觀與客觀上得其調和，主觀是感性的，客觀是知性的，完全的主觀使作品格局淺窄，完全的客觀使作品情味挫失，必得感性與知性之融匯，主觀與客觀之結合，才能使藝術創作臻於極致。詩的領域中，人格世界與詩學造詣是主客觀交融的焦點，憑藉著二者的淬鍊，能使作品渾融兼得，既有感性的成就，也有知性的意義。因此，對於一個詩人來說，其心路歷程與其創作歷程同等重要。

　　朱光潛在其《詩論》中提到：「詩的情趣都從沉靜中回味得來，感受情感是能入，回味情感是能出，詩人於情趣都要能入能出，單就能入說，它是主觀的；單就能出說，它是客觀的，能入而不能出，或是能出而不能入，都不能成為大詩人。」〔註1〕這種論點，質言之就是說：偉大的詩人與偉大的詩篇都是主客觀兼融渾成的。

　　在分析杜詩「沉鬱頓挫」的過程中，可以明顯地領略到這種調和渾成的人格形態與詩學藝術。這點歷來的詩家都已或多或少地論及，

〔註1〕　朱光潛《詩論》，正中書局，頁61。

只是他們的說法常偏側胸襟修養，以「聖人襟懷」、「一飯未嘗忘君」等語來泛論他，結果反使後人誤以杜甫為「腐儒」；或者偏側杜詩千彙萬狀的成就，尋繹詩律，條析詩法，使人著眼於杜律之堂奧，而略其人格世界。千百年來，在這樣地論杜解杜中，「詩聖」之成就始終得到到周全的認定。事實上，杜詩律法細密，體式多變，其成就是毫無疑義的，研究杜詩的律法正足以幫助我們認識中國詩史上亂塊瑰寶。但是，對於杜甫人格世界中圓融渾成的成就，其實也跟他的詩藝一樣不朽，這是許多人未加青睞的地方。以下，我將就杜甫人格形態與作品藝術兩方面來評價杜詩的成就。

一、無執的與執著的人格形態

艾略特的文學理論強調「感受性」（Sensibility）的重要，所謂感受性是由感性與知性種種機能構成的一種有機體，這種有機體在受到外界刺戟時，有知、情綜合的反應能力與咀嚼同化的能力。〔註2〕強烈的感受性是創作的基礎，由於這個基礎具有知性與感性的成分，故而詩人在質性上也就有主觀與客觀的不同，王國維說：「客觀之詩人不可不多閱世，閱世愈深；則材料愈豐富。……主觀之詩人不必多閱世，閱世愈淺則性情愈真。」〔註3〕便是指這種差異。然而前面已說過，偉大的詩人應是主客觀兼融的，杜甫即是個具體的例證。

杜甫對外界的反應與咀嚼同化的能力，已夠得上艾略特所謂「優秀的感受性」（Supeior sensibilty），在他與生俱有的情性上，這種優秀的感受性「恰如一個大熔爐，將一切的經驗熔融在自己之中。」（同註2）因而杜甫不僅是主觀的詩人，同時也是客觀的詩人，其情性之深，與材料之豐富，都是有目共覩的。葉嘉瑩先生說：「杜甫是一位感性與知性兼長並美的詩人，他一方面具有極大且極強的感性，可以深入於他所接觸到的任何事物之中，而提握住他所欲擷取的事物之精

〔註2〕 《艾略特文學評論選集》，杜國清譯，田園出版社，頁441～443。
〔註3〕 王國維《人間詞話》十七則，利大出版社，頁7。

華，而另一方面，他又有著極清明周至的理性，足以脫出於一切事物的蒙蔽與拘限之外，做到博觀兼採而無所偏失。」〔註4〕這種能入能出，感性深長而理性清明的特質，是杜詩之所以能沉鬱頓挫，且內涵深廣、形式多變的原因。推原這種優秀的感受性，可謂完全根植於詩人特殊的人格形態，由於杜甫人格形態上的「無執」與「執著」，故能交會淬鍊成這種優秀的能力。簡截的說，即杜詩之「沉鬱頓挫」，乃至其他千變萬化的詩風，都是根源於杜甫無執的與執著的人格特質。

　　人格形態本不一定發為詩，但它可以是詩人形成創作的原始動機〔註5〕，杜甫人格上有著無執與執著性，使他一方面能深入，一方面能超脫，兩者相得之下，其感受能深者愈深，廣者愈廣，蔚為豐厚的氣韻與壯濶的思緒。欣賞杜甫這種無執與執著的人格之前，有必要先說明這兩個詩彙的涵義。

　　所謂「無執」，原是濟慈（Negative Capability）一詞之譯〔註6〕，其涵義相對於「執著」。執著指感性強烈，情感深長，對於社會人生常主觀地堅持一理想原則，恆不改易者；無執則指兼融並蓄，客觀地接納各種事、物。二者表面上詞義相反，好像矛盾而不能相容，但在實際的人生中，許多時候必須調和主觀與客觀，兼融無執與執著，才能有更深廣的體悟。所謂「擇善固執」、「和而不流」之語，都代表著無執而又執著的人生態度。

　　本文中，我們分析過杜甫的人格世界裏的幾個質性，諸如：同情心、耿直性、涵忍力、幽默感等等，也都是杜甫無執與執著下深

〔註4〕　葉嘉瑩《迦陵談詩》一，三民書局，頁59。

〔註5〕　參考徐復觀《中國文學論集續篇》，「儒道兩家思想在文察中的人格修養問題」一文中徐先生亦認為人格修養可以是創作動機的原始，學生書局，頁2。

〔註6〕　余光中〈想像之美〉一文將濟慈「Negative capability」一詞譯為「無執之能」，載於明報月刊十一卷十期，頁72～77。黃國彬在《中國三大詩人新論》中，援為評杜之詞，源流出版社，頁84，本文採自黃書。

長的表現。由於無執，使他客觀地表現生活中的喜怒哀樂，充份展露人性千態；又由於執著，使他憂思深廣，無怨無悔地肩起心靈上巨大的沉痛，在中國詩史上，杜甫實在是個人格崇偉均衡的第一人，他能同時兼有無執與執著的特性，使才性發展得「博大、均衡與正常」〔註7〕古今以來，沒有第二人可及。黃國彬先生說：「陶潛、李白、蘇軾由於沒有杜甫的執著，許多問題就避而不看，或看而無動於衷，或有動於衷而設法化解，結果詩中生命的廣度比不上杜甫。李後主、孟郊、賈島，由於感性有執，結果外間世界的情態，經他們感性的反映就會受到歪曲，染上主觀的成分。」〔註8〕可見常人能「執著」而不能「無執」，或者「無執」而不能「執著」，未有及於杜甫之執著而又無執者。

　　杜甫的憂思源自於他的執著，時危、國亂、天災、人禍，許多慘巨的挫折重重地打擊著杜甫「仁聖」的心志，他深刻的體會到人情之苦，却執一不二，至死無悔其聖人之思。這樣的憂情屈子有過，却沉江化解；陶淵明有過，却棄官歸隱；而杜甫之所以能全其執著者，即因其無執。無執使杜甫在蕭颯的冬天裏有和煦的春天，在極端的痛苦中有化解的幽默。〈九日藍田崔氏莊〉說：「老去悲秋強自歡，興來今日盡君歡」，人生不如意已甚，杜甫強自開解，權盡君歡。〈中丞嚴公垂寄見憶一絕奉答一絕〉說：「江邊老病雖無力，強擬晴天理釣絲」，無力老病之下，他仍擬俟天晴理釣絲，這都是一種無執的能力。他吟了許多「兵戈不見老萊衣，嘆息人間萬事非」（〈送韓十四江東省覲〉）、「浮生有蕩汨，吾道正羈束」（〈三川觀水漲二十韻〉）之類的哀情，同樣也能寫出「桃花細逐楊花落，黃鳥時兼白鳥飛」（〈曲江對酒〉）、「短短桃花臨水岸，輕輕柳絮點人衣」（〈十二月一日〉）這類悠游自得的句子。他逃亂荒山間，見「轉石驚魑魅，抨弓落猛鸇」，還能說出「真供一笑樂，似欲慰窮途」的話（〈自閬州領妻子却赴蜀山行〉），

〔註7〕 葉嘉瑩評杜之語，同註4。
〔註8〕 黃國彬《中國三大詩人新論》，源流版，頁84。

他在「年過半百不稱意」之下還有「明日看雲還杖藜」（〈暮歸〉）的灑脫。這種無執與李白「人生在世不稱意，明朝散髮弄扁舟」（〈宣州謝朓樓餞別校書叔雲〉）同其疏宕，却猶具沉厚之質。杜甫緣其「無執」，對百姓、萬物，對親人、朋友、國君，他忠耿地執守責任，正視一切憂苦，寫下句句憂虞，沉鬱動人的詩章。

「無執」使他能「執著」得更深，哀痛得更切，憂心得更沉，思慮得更廣，使他的心靈有充份的能力達到既智且勇的修持。唐君毅先生說：「人生之最後歸宿，則爲一哀樂相生的情懷。由此情懷之無限的洋溢，將可生出一種智慧，以照澈人生的生前死後的芒昧。」〔註9〕杜甫無執與執著的人格特質，已使他哀樂相生，而擁有豐厚的生命內涵，其詩篇與生命之千彙萬狀，也因而得到古今無雙的評價。

二、古典的與浪漫的作品藝術

除了人格的成就外，杜甫的作品也是一種主客觀交融渾成的美。我們從其作品之兼有古典與浪漫的情態可知。

所謂「古典」，在西方指格拉圖「理念」、「神性」（ideal）觀以來，爲「激發人們善心」的藝術〔註10〕，善心包括智仁勇三方面，這種觀念落在文學上是一種刪正後的作品；在中國，「古典」則是指著孔子「興觀群怨」以後的載道文學。所謂「浪漫」，在西方是文藝復興下，尚「我」的，自由的藝術，落在文學上是一種專注於精神理想，爲文學而文學的作品；在中國，浪漫則指魏晉晉玄風下神秘的，純任性靈的作品。這兩者基本上有「自由」與「節制」、「放任」與「修持」的矛盾。梁實秋先生說：「古典主自者最尊貴人的頭；浪漫主義者最貴重人的心，頭是理性的機關，裏面藏著智慧，心是情感的泉源，裏面包著熱血。」〔註11〕克羅齊說：「古典的意爲不動情的，雕琢的；浪

〔註 9〕 唐君毅《人生之體驗續編》，學生書局，頁62。
〔註10〕 參考王夢鷗《文藝美學》，〈西洋的文學觀念〉一文，楓葉出版社，頁7。
〔註11〕 參見梁實秋《論文學》，時報出版社，頁11。

漫的意為眞摯、熱烈、有力及眞能表現的。」〔註12〕從這種分辨中，我們可以明白：古典文學強調的是為人生為現實而文學，是刪修雕琢的；浪漫文學強調的是「情」，是為藝術為心靈而文學，是率性自然的。這兩類文學，本各自源於不同的生命情態，但由於杜甫的詩學造詣融有豐厚的天生才性與精湛的後天修養，故作品也能同時兼具古典的與浪漫的兩類色彩。

杜詩常隨時間，環境的遞移而見不同的情態，有悲哀，有歡愉，有沉鬱，有自然，其風格千變，不能以一體範限之。論者常說：「杜詩無體不備，也無一不有其獨到之處。」、「盡得古今之體勢，而兼人人所獨尊。」〔註13〕不論是四傑的繁富，王維的華妙，李白的豪逸，陶潛的自然，杜詩都能綜賅萬有。〈戲為六絕〉說：「或看翡翠蘭苕上，未掣鯨魚碧海中」，即使是秀美與雄奇截然兩異的風格，杜甫也能融合兼得，杜詩體勢之古典與浪漫，便是在這種兼融的能力下併合顯現。

就「沉鬱」的悲情來說，杜甫的同情心源自天性，其性靈所發，源源汨汨，不可遏抑，這便是浪漫的層次；然而此種情感自然合道，不違聖人詩教，這又屬古典的層次。他那些「但覺高歌有鬼神，焉知餓死填溝壑」（〈醉時歌〉）「回首可憐歌舞地，秦中自古帝王州」（〈秋興八首之六〉）的悲情，既是自我的，性靈的發抒，又是社會的仁道的呼求，杜詩的內涵上既古典又浪漫可知。就語文來說，杜詩千錘百鍊，無一不工，但往往又拙句屢見，不加刪修。《碧溪詩話》說「數物以個，謂食為喫，甚近鄙俗，獨杜屢用。」〔註14〕《草堂詩話》載漫叟詩話曰：「詩中有拙句，不失為奇作，若子美云：『兩箇黃鸝鳴翠

〔註12〕 上句見《詩學淺說》，學海出版社，頁85。下句見元稹《杜工部墓誌銘》。關於杜甫多樣的詩風，請參考本文首章第三節「略論杜詩多樣的風格」。

〔註13〕 見克羅齊《美學原論》，傅東華譯，商務印書館，頁117。

〔註14〕 宋黃徹《碧溪詩話》卷七，見臺靜農《百種詩話類編》藝文版，頁331。

柳，一行白鷺上青天』之句是也。」〔註15〕這種語文上的工拙相間與
古典之刪修，浪漫之放任正暗合其趣。不管在詩文之體式、情感、語
言，杜詩莫不隨時隨事物而流轉自知，各具其古典與浪漫的情態。蘇
俄的藝術家高爾基說：「在大藝術家身上，現實主義和浪漫主義始終
好象是結合在一起的。」〔註16〕朱光潛也依克羅齊的看法說：「在第
一流作品中，古典的，和浪漫的衝突是不存在的；它同時是『古典的』
與『浪漫的』。」〔註17〕這些古典浪漫兼融的主張，從杜詩實際的成
就便足以印證。

　　成中英先生分析：「第四意義」（最高意義）的文學是要表現全
體性的，以及圓融性的真理，其目的與哲學最高的境界是一致的。」
〔註18〕詩學亦然，詩人必須在作品的形式、表現方式、內容題裁上
用功，求其多貌，也要在人生中充實自我，獲得智慧，才能臻於「全
體性」、「圓融性」的最高成就。杜甫無執的、執著的人格形態與古
典的浪漫的作品藝術，便是這種全體圓融的最高表現，無怪乎後人
「得杜一體足以名家」、「學杜不成，不失為工」〔註19〕，因為他這
種調和渾成的人格與詩藝是可以隨人潛修而各有所得的。

第二節　杜詩沉鬱頓挫對後人的影響

　　中國詩史上出了個杜甫之後，果真光燄萬丈，牢籠萬有，後人學
詩，或學杜之胸懷，或學杜之律法，鮮有能出其右者。歷代詩家論杜
詩對後人的影響者頗多，如宋孫僅《註杜工部詩集序》曰：

〔註15〕蔡夢弼《草堂詩話》卷一。同上書，頁341。
〔註16〕見俄人奧夫相尼柯夫著《簡明美學辭典》，馮申譯，上海知識出版社，頁127。
〔註17〕朱先潛《詩論》，正中書局，頁62。
〔註18〕成中英〈從哲學看文學──論文學四義與文學十大功能〉一文，見《中國文學批評年選》，柯慶明編，巨人出版社，頁96。
〔註19〕張師夢機「說杜」一文中的兩大綱要，見《思齋說詩》，華正書局，頁172。

公之詩支而爲六家，孟郊得其氣焰，張籍得其簡麗，姚合得其清雅，賈島得其奇僻，杜牧薛能得其豪健，陸龜蒙得其贍博。〔註20〕

清施補華《峴傭說詩》曰：

少陵七律，無才不有，無法不備；義山學之，得其濃厚，東坡學之，得其流轉，山谷學之得其奧峭，遺山學之，得其蒼鬱，明七子學之，佳者得其高亮雄奇，劣者得其空廓。〔註21〕

葉燮《原詩》亦曰：

杜甫之詩，獨冠今古，此外上下千餘年，作者代有，惟韓愈、蘇軾，其才力能與甫抗衡，鼎立爲三。……韓詩無一字猶人，如太華削成……蘇詩包羅萬象，鄙諺小說，無不可用。……此然皆本於杜。細覽杜詩，知非韓、蘇創爲之也。〔註22〕

可見杜詩對後代詩人影響之巨，儼然爲一派宗師，支裔四傳，唐宋元明，代有承其衣鉢者，這種百代詩祖的成就，恐怕是杜甫始料未及的。

杜甫之成就，巍峨聳立，無人可以攀躋却又能隨人探擷各有其妙。這主要歸因於「沉鬱頓挫」的內涵之深與技巧之廣，學者只要涉足其間，皆能有所收獲。杜詩之清新逸俊者，有王、孟、李白在，其自然閒曠者，有陶謝在，其穠麗高華者，有六朝詩人在，杜詩眞正爲人所不可及者，正在「沉鬱頓挫」。後之學杜者，也以沉鬱頓挫爲主。

王漁洋論明人學詩曰：

有明一代作者眾多，七言長句在明初則高季迪、張志道、劉子高爲最，後則李賓之。至何李學杜厭諸家之坦迤，獨于沉鬱頓挫處用意，雖一變前人，號稱復古，而同源異派，實皆以杜氏爲崑崙墟。〔註23〕

〔註20〕 見《杜甫卷》，源流出版社，頁58。
〔註21〕 見臺靜農《百種詩話類編》，藝文版，頁427。
〔註22〕 丁福保《清詩話》，明倫出版社，頁597。
〔註23〕 王漁洋《帶經堂詩話》，廣文書局。

洪亮吉《北江詩話》亦曰：

> 七律至唐末造，惟羅昭諫，最感慨蒼涼，沉鬱頓挫，實可
> 以遠紹浣花。〔註24〕

可知，自杜甫以後，歷代詩人上自唐末，下及明清，莫不推崇杜詩之
「沉鬱頓挫」，而以之為詩學旨歸。以下我將就各代學杜而成效最尤
者，擇其數家略論之，以探視杜詩「沉鬱頓挫」，對後人的影響情形。

一、韓　愈

　　韓愈在〈調張籍〉云：「李杜文章在，火焰萬丈長。」又〈薦士
詩〉云：「國朝盛文章，子昂始高蹈，勃興得李杜，萬類困陵暴。」
〈石鼓歌〉云：「張生手持石鼓文，勸我試作石鼓歌，少陵無人謫仙
死，才薄將奈石鼓何？」〔註25〕可見退之對少陵十分推崇。我們觀看
退之文以載道，以儒為宗的思想，及其「橫空盤硬語，妥帖力排奡」
（〈薦士〉）的詩學主張，便可以看出杜詩沉鬱頓挫的一些影子。

　　杜甫是個推尊儒術的詩人，韓愈則是個護衛儒道的文士，在心態
上，退之有能有一、二同于子美。他的〈原道〉文說：「堯以傳之舜，
舜以傳之禹……，孔子傳之孟軻，軻之死不得其傳焉」〔註26〕，儼然
以儒家正統自居，與杜甫「致君堯舜上，再使風俗淳」的思想一致。

　　在詩學上，韓愈顯然受了杜甫很大的影響。金啟華〈杜詩影響論〉
提到：

> 杜甫的五言古詩，有些散文化的，甚至賦法的鋪陳開闔方
> 式，韓愈也得其律法。如〈南山詩〉、〈赴江陵途中寄贈三
> 學士〉、〈縣齊有懷〉等，都可看出受老杜〈北征〉、〈自京
> 赴奉先詠懷五百字〉、〈遣懷〉影響的痕跡。〔註27〕

張織雲先生也指出：

〔註24〕洪亮吉《北江詩話》，廣文出版社。
〔註25〕見錢仲聯《韓昌黎詩繫年集釋》，世界書局，頁346。
〔註26〕見《韓昌黎集》，河洛圖書公司，頁7。
〔註27〕金啟華〈杜詩影響論〉，見《杜甫研究論文集》二輯，北平中華書局，
　　　　頁247。

（韓愈）五古如〈歸彭城〉、〈烽火〉等篇，感懷時事，不
減杜之〈潼關〉、〈石壕〉諸作。〔註28〕

《艇齋詩說》云：

韓退之〈南山〉詩用杜詩〈北征〉詩體作。

清人施補華《峴傭說詩》亦曰：

退之五古橫空硬語，妥帖排奡，開張處過於少陵，而變化
不及。〔註29〕

凡此，都可以看出韓詩因緣於杜詩之處。綜觀韓愈在文學史上所得的
評價，我們可以了解韓詩尚奇崛陰僻，正是杜甫「語不驚人死不休」
的精神表現。〔註30〕其〈南山詩〉「以賦爲詩，奇崛壯麗」、「虛摹物
狀，極盡翻空逞奇的高度技巧」、「蹊徑曲折鍼縷細密」〔註31〕成就正
堪匹配杜老。

然而，韓退之在儒道胸襟上，由於先天情性，與後天修持去杜老
太遠，因此詩中始終顯不出一絲「沉鬱」的韻味，只以其心力所及，
逞其能事，極力摹追杜老「頓挫」之風，而及於作品語文之姿貌變化
而已。張戒《歲寒堂詩話》說：

退之詩大抵才氣有餘，故能擒能縱，顛倒崛奇，無施不可，
放之則長江大河，瀾翻淘湧，滾滾不窮；收之則藏形匿影，
乍出乍沒，姿態橫生，變怪百出，可喜可愕可畏可服也。
〔註32〕

張氏所肯定的也只是韓詩在章法、語文上的變化。我們可以了解韓愈
學杜，「頓挫」之處或可及於六七，「沉鬱」之處則不及二三。

二、張　籍

《雲仙雜記》載：「張籍取杜甫詩一帙，焚取灰燼，副以膏密，

〔註28〕張繼雲《杜詩通論》，中庸出版社，頁89。
〔註29〕同註21書，頁1060、頁1079。
〔註30〕參見葉師慶炳《中國文學史》，弘道文化事業，頁245。
〔註31〕參見張師夢機《思齋說詩》，華正書局，頁25。
〔註32〕清丁仲祜《續歷代詩話》，藝文版。

頻飲之日：令吾肝腸從此改易。」〔註33〕這段故事雖為無稽之談，但道出張籍對杜甫的崇敬之心。

張籍一生遭遇與杜甫頗有些相似，其〈祭退之詩〉云：

> 籍在江湖間，獨以道自將，學詩為眾體，久乃溢篋囊，略無相知人，黯如霧中行。

這首詩道出張籍「獨以道自將」的心志，及「學詩為眾體」的理想，同時還可以看出他「略無相知人，黯如霧中行」的困厄。籍詩中多反映現實社會，百姓流亂，其忠君愛國之思與杜甫拳拳忠愛，一飯未嘗忘君之志遙相契合。其〈永嘉行〉云：

> 黃頭鮮卑入洛陽，胡兒執戟升明堂，晉家天子作降虜，公卿奔走好牛羊，紫陌旌旛暗相觸，家家雞犬驚上屋。婦人出門隨亂兵，夫死眼前不敢哭。……

這首詩表面上寫永嘉之亂，實際上卻反映現實社會中的兵災戰禍。〈董逃行〉云：

> 洛陽城頭火瞳瞳，亂兵燒我天子宮。宮城南面有深山，盡將男女藏其間，重巖為屋橡為食，丁男夜行候消息。聞道官兵猶掠人，舊里如今歸得，董逃行，漢家幾時重太平。

真切地寫出戰爭的殘酷，與杜老〈石壕吏〉等詩同其精神。張籍的窮愁也與杜老相似。其〈晚秋閑居〉詩云：「家貧常畏客，身老轉憐兒」〈同韋員外開元觀尋時道士〉詩云：「昨天官罷無生計，欲就師求斷穀方。」正與老杜同受「生意不自謀」之苦。

然而，張籍受到的貧苦終究不及杜老，他所經歷的時代苦難也比不上杜甫之深巨慘痛，因而張籍詩中之內涵，無法透顯出杜詩般的「沉鬱」，我們只能約略窺得一點沉鬱的粗淺況味而已。

三、李商隱

《一瓢詩話》云：「有唐一代詩人，唯李玉谿直入浣花室。」〔註34〕

〔註33〕《杜甫卷》，源流出版社。
〔註34〕丁福保《清詩話》，明倫版，頁675。

《石林詩話》亦云：「唐人學老杜，惟商隱一人而已。」〔註35〕於子美詩能登堂入室者，大抵只義山一人，這是歷來詩家所共許的。

義山學杜不儘學其氣度情節，也學其詩法。《峴傭說詩》曰：

> 義山七律，得於少陵者深，故濃麗之中，時帶沉鬱。如〈重有感〉〈籌筆驛〉等篇，氣足神完，直登其堂入其室矣。
> 〔註36〕

這是論義山情韻之臻於「沉鬱」者。方東樹《評今體詩鈔》曰：

> 杜〈送鄭廣文東閣官梅〉，李義山〈隋宮〉，曲折頓挫，全以虛字爲用。〔註37〕

這是從詩法上看義山之「頓挫」。近人錢鍾書亦曰：

> 山谷后山諸公，僅得法於杜律之韌瘦者，於（此等）暢酣飽滿之什，未多效仿，惟義山於杜，無所不學。〔註38〕

我們可以了解義山得於杜者獨多。他的〈無題〉詩顯然係受到杜甫〈月夜〉等詩的影響，杜甫有〈秋興〉八首、〈諸將〉、〈詠懷古跡〉五首等聯章詩。義山也有〈無題〉四首、〈無題〉二首等。〔註39〕義山的〈行次西郊作一百韻〉、〈井泥四十韻〉、〈大鹵平後移家到永樂縣居書懷十韻〉等，在精神與形式上都能得老杜神髓。

在「沉鬱」方面，義山是歷代詩人中較能近於老杜者，其情感之深，感受之切，意象之空濶曠遠，都能直追老杜，如：

> 萬里重陰非舊圃，一年生意屬流塵。（〈回中牡丹為雨所〉）
> 人生豈得長無謂，懷古思鄉共白頭。（〈無題〉）
> 永憶江湖歸白髮，欲迴天地入扁舟。（〈安定城樓〉）

這些詩讀起來使人盪氣迴腸，淒然欲絕。然而，義山的思想性終不及老杜，他沒有老杜之詼諧，對人生雖深情以赴，思想之寬度則嫌不足；而「頓挫」之貌也止於形似而已。

〔註35〕何文煥《歷代詩話》，漢京文化事業，頁403。
〔註36〕同註21，頁260。
〔註37〕方東樹《評今體詩鈔》，聯經版，頁355。
〔註38〕錢鍾書《談藝錄》，龍門書店，頁203。
〔註39〕同註27，頁248。

四、王安石

　　荊公雖曾叱咤政壇於一時，但在其詩藝與心境上仍以推尊老杜爲主。對於老杜的窮愁不得志，與聖人襟抱，荊公都能有深深的體悟。他的〈杜甫畫像〉詩，已將少陵神貌摹刻得生動淋漓。此外，他苦心搜求杜甫逸詩，編寫〈杜工部後序〉，其序曰：

> 予考古之詩，尤愛杜甫氏作者，其詞所從出，一莫知窮極，而病未能學也。……世之學者，至乎甫而後爲詩，不能至，要之不知詩焉爾。〔註40〕

可見他對杜詩之心儀愛慕。而且，荊公對杜詩的品味極深，《遯齋閑覽》載荊公評杜詩有「平淡簡易者，有綺麗精確者，有嚴重威武，若三軍之帥者，有奮迅馳驟，若泛賀之馬者，淡泊簡靜，若山谷隱士者，有風流蘊藉，若貴介公子者。」〔註41〕一段文字，將杜詩之風格分析得多姿多樣。荊公與杜詩之淵源決不只於泛泛涉獵而已，大抵荊公詩源自杜甫，應無疑義。

　　據金啓華考定：

> 荊公在學習杜詩的遺辭造句方面，他是有收獲的。「春風又綠江南岸」這句詩，是他經過了很多次刪改，才定稿的。他的一些描寫花木的詩句，如「綠攪寒蕪出，紅爭攬樹歸」（〈宿雨〉）和「綠稍還幽草，紅應動故林」（〈欲歸〉），則是從杜詩的「綠垂風折筍，紅綻雨肥梅」（〈游何將軍山林〉）等句子變化來的。王安石的七古，在遣詞用句方面受杜甫七言的影響更大。他的題畫之作和杜甫的較爲接近。如〈純甫出釋惠崇畫要序作詩〉這道詩，從句句遺詞到詩篇用韻，都和杜甫的〈奉先劉少府新畫山水障歌〉和〈戲爲韋偃雙松圖歌〉相近似。〔註42〕

《唐子西錄》云：

〔註40〕同註20，頁80。
〔註41〕見宋沈炳《續唐詩話》，鼎文書局，頁6～1862。
〔註42〕同註27，頁250。

荊公五言詩得子美句法。〔註43〕

王漁洋曰：

歐公之後學杜韓者，以荊公為巨擘焉。〔註44〕

綜合以上所見，則荊公詩中亦見杜甫風貌。但荊公學杜、愛杜，可能因其性情氣質相類，終因時代迥異，窮通不同，而無法臻於老杜之「沉鬱頓挫」。荊公一生境遇得天獨厚之處較老杜為多，其詩藝與詩境自然也就遜於老杜窮困以赴的生命之作。

五、黃山谷

山谷論詩講「脫胎」、「換骨」、「律」、「眼」等詩法，於杜詩亦多所摹習。方植之說他是「杜韓後真用功深造而自成一家」者，又說「學黃必探源於杜韓」、「山谷之不如韓杜者，無巨刃摩天，乾坤擺盪，雄直揮斥，渾茫飛動，沛然之氣；而沉頓鬱勃，深曲奇兀之致，亦所獨得，非意淺筆懦調弱者所可到也。」〔註45〕可見山谷詩律源於杜，然規摹所至，止於「沉頓鬱勃，深曲奇兀」之致，於浩然之氣韻則嫌不足。

近人胡傳安先生亦考定山谷在用字、用筆、句法甚至鄙語入詩，拗體等方面都以老杜為師承圭臬。〔註46〕金啓華先生也認為：山谷詩中有杜甫「用字有來歷，造語不平常」的特色，而拗體七絕中，山谷之〈謝答聞善二兄九絕句〉與杜甫之〈江畔獨步尋花七絕句〉，無論在造句、遣辭、風味，都極神似。〔註47〕

然而，黃生《杜工部詩說》曰：

山谷學杜，情其皮毛，不得其神髓，得其骨幹，不得其筋節，其筋節在裝造句法，其神髓在經營意匠。〔註48〕

〔註43〕見臺靜農《百種詩話類編》，藝文版，頁34。
〔註44〕王漁洋《帶經堂詩話》，廣文出版社。
〔註45〕方東樹《評古詩選》，聯經出版事業公司，頁616。
〔註46〕見胡傳安〈杜甫對江西詩派之影響〉一文，淡江學報十二期。
〔註47〕同註27，頁251。
〔註48〕黃生〈杜詩概說〉，見《杜工部詩話》，中文出版社，頁12。

方植之亦曰：

> 山谷死力造句，專在句上弄遠，成篇之後，意境皆不甚遠。

〔註49〕

可見山谷學杜只得其詩法，不得其胸懷，因此刻意摹劃，終不及杜老渾然天成的沉鬱與頓挫。

六、陸 游

繼唐代李義山之後，宋代的陸游算是較得杜詩「沉鬱」第一人。

杜甫一生貧困，陸游也經常與飢餓掙抗。〈雜題時〉曰：「朝甑米空烹芋粥，夜缸油盡點松明。」〈放行歌〉亦曰：「稽山一老貧無食，衣破履穿面黧黑。」杜甫生逢安史之亂，陸游面臨靖康國恥，兩人都身遭流離，有同樣的境遇與悲鬱。陸游詩中如：

> 萬里西來為一飢，坐曹日日汗霑衣。（〈假日書事〉）
> 滿案堆書惟引睡，侵天圍棘不遮愁。（〈定折號日喜而有作〉）
> 頭白伴人書紙尾，只思歸去弄煙波。（〈自詠詩〉）

道出了公牘滿案，故國愁思，或多或少有著杜詩「沉鬱」的些許的況味。至於其〈成都書事〉、〈書憤〉、〈林居初夏〉、〈余年四十八入峽忽復二十三年懷感賦長句〉等語，都可以說是繼承了杜甫七律的精神。

〈書憤〉詩曰：

> 早歲那知世事艱，中原北望氣如山，樓船夜雪瓜州渡，鐵馬秋風大散關。塞上長城空自許，鏡中衰鬢已先斑，出師一表真名世，千載誰堪伯仲間。

詩中充滿家園之思浩氣凜然，上躋老杜，在「沉鬱」的憂思上，陸游差可比擬於杜甫。

以上僅簡單撮論數家，至於唐之元、白、李賀、賈島，宋之陳後山、陳師道、元之元好問等等，受杜詩影響者尚多，不在話下，此處旨在藉諸家學杜，看杜詩「沉鬱頓挫」之流風餘韻而已。事實上，朱文公早已說過：

〔註49〕方東樹《評今體詩鈔》，聯經出版事業，頁 180。

自宋以來，學杜者什九失之。不知變主格，化主境；格易
見，境難窺。〔註50〕

宋方回亦曰：

老杜詩所以妙者全在闔闢頓挫耳，平易之中有艱苦，若但
學其平易不從艱苦求之，則輕率下筆，不過如元白之寬耳。

〔註51〕

可見學杜詩要知「主格」、「主境」，且要能「變」能「化」，於「闔闢
頓挫」尤要知其「平易」與「艱苦」，才能確有所得。否則設屋架梁，
空有一番規模，也只是得其皮相而已。杜詩之主要風格與精神所在
者，「沉鬱頓挫」耳，學杜一要學其聖人思致，二要學其詩法脈絡，
只有在「人格世界」與「詩學造詣」雙管齊「修」之下，才能知「主
格」、得「主境」，學得杜詩些許內涵。

〔註50〕 胡震亨《唐音發籤》卷六，木鐸出版社，頁55。
〔註51〕 宋方回《瀛奎律髓》，中央圖書館特藏明本影印。

參考書目

（一）

1. 《九家集註杜詩》，宋・郭知達集，杜詩叢刊第一輯。

2. 《杜工部詩范德機批選》，元・范梈批，杜詩叢刊第一輯。

3. 《杜律趙註》，元・趙防註，杜詩叢刊第二輯。

4. 《杜律五言補註》，明・汪瑗註，杜詩叢刊第一輯。

5. 《杜臆》，明・王嗣奭著，中華書局，民國59年10月臺一版。

6. 《杜律意箋》，明・顏廷榘箋，北市閩南同鄉會，民國64年1月版。

7. 《杜詩詳註》，清・仇兆鰲註，漢京文化事業公司，民國73年3月初版。

8. 《杜詩鏡銓》，清・楊倫註，華正書局，民國70年5月初版。

9. 《杜工部詩集註》，清・錢謙益註，新文豐出版社，民國68年10月初版。

10. 《杜工部詩集註》，清・朱鶴齡註，中文出版社杜詩又叢，1977年2月出版。

11. 《杜工部詩說》，清・黃生註，中文出版社，1976年6月版。

12. 《杜詩提要》，清・吳瞻泰評，大通書局黃永武編杜詩叢刊第四輯，民國63年10月初版。

13. 《杜詩論文》，清・吳見思註，杜詩叢刊第4輯。

14. 《杜詩評鈔》，清・沈德潛評，廣文書局，民國65年3月初版。

15. 《金批杜詩》，清・金聖嘆批，盤庚出版社，民國67年9月一版。

16. 《杜詩偶評》，清・沈德潛評，中文出版社，杜詩又叢，1977年2月版。

17. 《杜律評叢》，日‧渡會末茂，杜詩又叢，1977 年 2 月版。

（二）

1. 《杜詩研究》，劉中和著，益智書局，民國 65 年 9 月三版。

2. 《杜詩欣賞》，孫克寬著，學生書局，民國 63 年 10 月再版。

3. 《杜詩散繹》，傅庚生著，香港建文書局，1971 年 9 月版。

4. 《杜甫敘論》，朱東潤著，木鐸出版社，民國 72 年 5 月初版。

5. 《杜甫夔州詩析論》，方瑜著，幼獅文化事業公司，民國 74 年 5 月版。

6. 《杜甫戲爲六絕句集解》，郭紹虞著，木鐸出版社，民國 71 年 6 月初版。

7. 《杜甫秋興八首評傳》，葉嘉瑩集，中華叢書編審委員會，民國 67 年 4 月再版。

8. 《杜少陵先生評傳》，朱偰著，東昇出版社，民國 69 年 4 月初版。

9. 《杜甫評傳》，陳香著，國家出版社，民國 70 年 10 月版。

10. 《杜詩通論》，張織雲著，中庸出版社，民國 51 年出版。

11. 《杜律旨歸》，張師夢機、陳文華著，學海書局，民國 68 年 10 月初版。

12. 《中國三大詩人新論》，黃國彬著，源流出版社，民國 72 年 4 月再版。

13. 《杜詩句法舉隅》，朱任生著，中華書局，民國 62 年 7 月初版。

14. 《中國兩大詩聖》，吳天任著，藝文印書館，民國 61 年 3 月初版。

15. 《不廢江河萬古流－杜詩賞析》，陳文華著，偉文書局，民國 67 年 9 月初版。

16. 《杜甫生平及其詩研究》，胡豈凡著，文史哲出版社，民國 67 年 12 月初版。

17. 《詩聖杜甫對後世的影響》，胡傳安著，幼獅文化事業公司，民國 67 年 12 月再版。

18. 《杜甫和他的詩》，由毓淼著，學生書局，民國 71 年 2 月再版。

19. 《杜甫研究論文集一輯》，北平中華書局，1962 年 12 月一版。

20. 《杜甫研究論文集二輯》，北平中華書局，1962 年 12 月一版。

21. 《杜甫研究論文集三輯》，北平中華書局，1962 年 12 月一版。

22. 《杜甫詩研究專集》，上海中國語文學社，1969 年 9 月版。

23. 《杜甫七律研究與箋注》，簡明勇著，自印本，民國 62 年 3 月初版。

（三）

1. 《杜甫年譜》，學海書局，民國67年9月初版。

2. 《少陵新譜》，李春坪著，古亭書屋，民國58年6月初版。

3. 《杜工部詩年譜》，魯警著，商務印書館，民國67年3月一版。

4. 《杜甫作品繫年》，李辰冬著，東大圖書公司，民國66年2月初版。

（四）

1. 《滄浪詩話校釋》，宋・嚴羽著，郭紹虞譯，東昇出版社，民國69年10月初版。

2. 《苕溪漁隱叢話前後集》，宋・胡仔著，長安出版社，民國67年12月版。

3. 《續唐詩話》，沈炳著，鼎文書局歷代詩史長篇第六種，民國60年3月初版。

4. 《詩人玉屑》，宋・魏慶之著，商務印書館，民國61年9月一版。

5. 《詩藪》，明・胡應麟著，廣文書局，民國62年9月版。

6. 《唐音癸籤》，明・胡震亨著，木鐸出版社，民國71年7月初版。

7. 《瀛奎律髓》，明・方回著，中央圖書館特藏明景本。

8. 《百種詩話類編》，臺靜農編，藝文印書館，民國63年5月初版。

9. 《杜甫卷》，源流出版社，民國71年5月初版。

10. 《歷代詩話》，清・何文煥編，漢京文化事業公司，民國72年1月初版。

11. 《續歷代詩話》，清・丁福保編，藝文印書館，民國63年4月三版。

12. 《清詩話》，清・丁仲祐編，明倫出版社，民國60年12月初版。

13. 《詩話叢刊》，弘道文化事業公司，民國60年3月初版。

14. 《甌北詩話》，清・趙翼著，廣文書局，民國60年9月版。

15. 《帶經堂詩話》，清・王士禎著，廣文書局。

16. 《石洲詩話》，清・翁方綱著，木鐸出版社，民國71年5月初版。

17. 《昭昧詹言》，清・方東樹著，廣文書局，未註出版年月。

18. 《藝概》，清・劉載熙著，廣文書局，民國63年再版。

19. 《北江詩話》，清・洪亮吉著，廣文書局，民國60年9月版。

20. 《白雨齋詞話》，清・陳廷焯著，河洛圖書公司，民國67年版。

21. 《人間詞話》，王國維著，利大出版社，民國64年1月版。

22. 《杜工部詩話集錦》，魯質軒編，中華書局，民國68年2月臺二版。

23. 《宋詩話輯佚》,郭紹虞編,燕京學報專號文泉閣出版社,民國 61年 4 月再版。

24. 《詩品注》,汪師中注,正中書局,民國 71 年 9 月八版。

25. 《詩論分類纂要》,朱任生編,商務印書館,民國 60 年 8 月初版。

(五)

1. 《黃山谷詩集註》,宋·任淵注,世界書局,民國 49 年 12 月初版。

2. 《唐詩品彙》,明·高棅注,學海書局,民國 72 年 7 月初版。

3. 《全唐詩》,清·聖祖御定,明倫書局,民國 60 年 5 月初版。

4. 《唐宋詩醇》,清·高宗御選,中華書局,民國 60 年版。

5. 《唐宋詩舉要》,高步瀛選,廣文書局,民國 51 年 1 月初版。

6. 《詩法易簡錄》,清·李鍈著,蘭台書局,民國 58 年 10 月初版。

7. 《評今體詩鈔》,清·方東樹選,聯經文化事業公司,民國 64 年 5月初版。

8. 《評古詩選》,清·方東樹選,聯經文化事業公司,民國 64 年 5 月初版。

9. 《十八家詩鈔》,清·曾國藩選,世界書局,民國 51 年 4 月初版。

10. 《唐詩別裁》,清·沈德潛選,商務印書館,民國 67 年 1 月臺一版。

11. 《韓昌黎詩繫年集釋》,錢仲聯集,世界書局,民國 50 年 1 月初版。

12. 《李義山詩集》,清·朱鶴齡箋,學生書局,56 年 5 月初版。

13. 《陸放翁全集》,楊家駱主編中華學術名著第三集冊十二,世界書局,民國 49 年 12 月初版。

14. 《王臨川全集》,楊家駱主編中華學術名著第三集冊十二,世界書局,民國 49 年 12 月初版。

(六)

1. 《評注昭明文選》,梁·蕭統著,學海出版社,民國 66 年 9 月初版。

2. 《文心雕龍注》,范文瀾注,學海書局,民國 66 年 8 月初版。

3. 《曾文正公全集》,清·曾國藩著,世界書局,41 年版。

4. 《歷代文論選》,木鐸出版社,民國 69 年版。

5. 《中國文學批評資料彙編》,葉師慶炳等著,成文出版社,民國 68年 9 月初版。

6. 《文心雕龍的風格學》,詹鍈著,木鐸出版社,民國 73 年 10 月初版。

7. 《文心雕龍研究》,王師更生著,文史哲出版社,民國 68 年 5 月增

訂初版。

8. 《文心雕龍斠詮》，李曰剛著，中華叢書編審委員會，民國 71 年版。

9. 《文心雕龍札記》，黃侃著，文史哲出版社，民國 62 年版。

10. 《六朝文論》，廖蔚卿著，聯經文化事業，民國 70 年 3 月二版。

（七）

1. 《中國詩律學研究》，王力著，文津出版社，民國 59 年 9 月初版。

2. 《詩詞指要》，謝崧著，源流出版社，民國 72 年 4 月初版。

3. 《詩學述要》，龔嘉英著，華岡出版社，民國 58 年 5 月初版。

4. 《詩學淺說》，學海出版社，民國 69 年 9 月再版。

5. 《古典詩的形式結構》，張師夢機著，尚友出版社，民國 72 年 12 月初版。

6. 《近體詩發凡》，張師夢機著，中華書局，民國 67 年 10 月三版。

7. 《中國詩學通論》，范況著，商務印書館，民國 58 年 10 月二版。

8. 《詩與美》，黃師永武著，洪範書局，民國 73 年 12 月版。

9. 《中國詩學》，黃師永武著，巨流出版社，民國 66 年 4 月一版。

10. 《字句鍛鍊法》，黃師永武著，商務印書館，民國 73 年 9 月十版。

11. 《修辭學》，黃師慶萱著，三民書局，民國 64 年 1 月初版。

12. 《迦陵談詩》，葉嘉瑩著，三民書局，民國 72 年 8 月四版。

13. 《迦陵談詩二集》，葉嘉瑩著，東大圖書公司，民國 74 年 2 月初版。

14. 《思齋說詩》，張師夢機著，華正書局，民國 66 年元月初版。

15. 《鷗波詩話》，張師夢機著，漢光文化事業公司，民國 73 年 5 月初版。

16. 《詩論》，朱光潛著，正文書局，民國 71 年 12 月十一版。

17. 《詩論新編》，朱光潛著，洪範書局，民國 73 年 8 月二版。

18. 《中國詩學》，劉若愚、杜國清著，幼獅文化事業公司，民國 74 年 6 月五版。

19. 《中國詩學縱橫論》，黃維樑著，洪範書局，民國 71 年 9 月 3 版。

20. 《中國文話文論與詩學》，程兆熊著，學生書局，民國 68 年 2 月初版。

21. 《詩詞例話》，周振甫著，長安書局，民國 72 年 10 月初版。

22. 《談藝錄》，錢鍾書著，香港龍門書店，1965 年 8 月景版。

（八）

1. 《中國文學史初稿》，黃師錦鋐等著，石門圖書公司，民國 67 年 11

月初版。

2. 《中國文學史》，葉師慶炳著，弘道文化事業公司，民國 63 年 1 月六版。

3. 《中國文學發展史》，劉大杰著，華正書局，民國 66 年 5 月版。

4. 《中國文學》，高師仲華著，復興書局，民國 67 年 10 月六版。

5. 《白話文學史》，胡適著，東海出版社，民國 65 年 8 月版。

6. 《中國文學批評史》，郭紹虞著，盤庚出版社，民國 67 年 9 月一版。

7. 《中國文學批評史》，羅根澤著，學海書局，民國 67 年 9 月初版。

8. 《中國文學批評通論》，傅庚生著，經氏出版社，民國 65 年 2 月初版。

9. 《中國文學散論》，張健著，商務出版社，民國 65 年 2 月初版。

10. 《文學新論》，李辰冬著，東大圖書公司，民國 64 年 8 月初版。

11. 《陳世驤文存》，陳世驤著，志文出版社，民國 65 年 5 月二版。

12. 《中國文學論集》，徐復觀著，學生書局，民國 63 年 11 月再版。

13. 《文學概論》，張健著，五南圖書公司，民國 72 年 11 月初版。

14. 《文學概論》，王夢鷗著，藝文印書館，民國 71 年 10 月二版。

15. 《文學概論》，馬宗霍著，商務印書館，民國 55 年臺版。

16. 《中國文學批評年選》，柯慶明編，巨人出版社，民國 65 年 8 月初版。

17. 《中國古典文學論文研究叢刊－詩歌類》，柯慶明編，巨流出版社，民國 68 年 10 月 1 版。

18. 《古典文學（二）輯（六）集（七）集》，中國古典文學研究會編，學生書局，民國 69 年、73 年、74 年版。

（九）

1. 《文藝心理學》，朱光潛著，開明書店，民國 63 年 12 月八版。

2. 《境界的探求》，柯慶明著，聯經文化事業公司，民國 66 年 6 月初版。

3. 《境界的再生》，柯慶明著，幼獅文化事業公司，民國 73 年 1 月三版。

4. 《中國文學理論》，劉若愚著，杜國清譯，聯經文化事業，民國 74 年 8 月二版。

5. 《中國藝術精神》，徐復觀著，學生書局，民國 65 年 9 月五版。

6. 《美的範疇論》，姚一葦著，開明書店，民國 67 年版。

7. 《秩序的生長》，葉維廉著，志文出版社，民國 60 年 6 月初版。

8. 《文藝美學》，王夢鷗著，遠行出版，民國 65 年版。

9. 《苦悶的象徵》，日・厨川白村著，林文瑞譯，志文出版社，民國 73 年 12 月三版。

10. 《西洋文學批評史》，衛姆塞特・布魯克斯著，顏元叔譯，志文出版社，民國 64 年 5 月版。

11. 《文學論》，韋勒克・華倫著，王夢鷗譯，志文出版社，民國 72 年 2 月再版。

12. 《新文學概論》，日・本間久雄著，章錫光譯，商務印書館，民國 69 年 9 月三版。

13. 《美學原論》，克羅齋著，傅東華譯，商務印書館，民國 64 年 11 月六版。

14. 《艾略特文學評論選集》，杜國清譯，田園出版社，民國 56 年版。

15. 《詩學箋注》，亞里斯多德著，姚一葦箋注，中華書局，民國 55 年 9 月初版。

16. 《A Handbook of Critical Approaches to Literatute "Style, in Aesthetics Today." ed. by M. Philipson（Meridians Book, 1966）》，W.L.G.E.G.L. 等著，徐進夫譯，幼獅文化事業，民國 64 年 4 月版。

（十）

1. 《哲學與人生》，傅統先著，天文出版社，民國 65 年 1 月版。

2. 《人生之體驗續集》，唐君毅著，學生書局，民國 67 年 4 月再版。

3. 《生命存在與心靈境界》，唐君毅著，學生書局，民國 66 年 9 月初版。

4. 《人文精神之重建》，唐君毅著，學生書局，民國 63 年 10 月再版。

5. 《中國哲學的特質》，牟宗三著，學生書局，民國 67 年 9 月五版。

6. 《心體與性體》，牟宗三著，正中書局，民國 57 年 5 月初版。

7. 《生命的悲劇意識》，烏納穆諾著，蔡英俊譯，遠景出版社，民國 71 年 3 月再版。

8. 《Man for himself》，佛洛姆、陳秋坤著，大地出版社，民國 65 年 4 月三版。

9. 《佛洛姆的精神分析理論》，鄭石岩譯，商務印書館，民國 64 年 3 月初版。

10. 《悲劇之超越》，Jaspers, Karl，葉頌姿譯，大江出版社，民國 59 年版。

（十一）

1. 〈杜甫詩律探微〉，陳文華著，師大 62 年碩論。

2. 〈杜甫律詩研究〉，徐鳳城著，師大 73 年碩論。

3. 〈杜甫詠物詩研究〉，簡恩定著，東海 72 年碩論。

4. 〈六朝風格論之理論與實踐探究〉，蔡英俊著，台大 69 年碩。

5. 〈「沉郁頓挫」辨析〉，王雙啓著，《成都草堂雜誌》，1982 年二期。

6. 〈論杜詩的「頓挫」〉，廖柏昂著，《成都草堂雜誌》，1983 年二期。

7. 〈杜甫詩論〉，周振甫著，《成都草堂雜誌》，1984 年一期。

8. 〈李杜詩藝比較論〉，高景鑫著，《幼獅學誌》十四卷二期。

9. 〈杜甫詩中的幽默〉，鄭明俐著，《國魂月刊》四二〇期。

10. 〈艱危氣益增〉，黃師永武著，《明道文藝》五四期。

11. 〈杜甫詩中之宗教〉，志喻著，《逸經》二卷八期。

12. 〈杜甫的病〉，樸人著，《自由談》二二卷二期。

13. 〈文學研究的理論基礎〉，高友工著，《中外文學》七卷七期。

14. 〈論唐詩的語法用字與意象〉，高友工著，《中外文學》卷十二期。

15. 〈唐詩的語意研究：隱喻與典故〉，高友工著，《中外文學》四卷七、八、九期。